# Suite Du Mémorial De Pascalon

## Alphonse Daudet

© 2023 Culturea Editions
Texte et illustration de couverture : © domaine public
Edition : Culturea (Hérault, 34)
Contact : infos@culturea.fr
Retrouvez notre catalogue sur http://culturea.fr
Imprimé en Allemagne par Books on Demand
Design typographique : Derek Murphy
Layout : Reedsy (https://reedsy.com/)
ISBN : 9791041817863
Dépôt légal : Juin 2023

# Suite Du Mémorial De Pascalon

4 décembre. Aujourd'hui, deuxième dimanche de l'avent, le sacristain Galoffre, inspecteur de la marine, s'en venant comme tous les matins visiter la chaloupe, ne l'a plus trouvée.

L'anneau, la chaîne, tout était arraché le bateau, disparu.

Il a cru d'abord à quelque nouveau tour de Négonko et de sa bande, dont nous continuons à nous méfier; mais dans le trou laissé par l'arrachement de l'anneau s'étalait, toute trempée d'eau et salie de boue, une large enveloppe à l'adresse du Gouverneur.

Cette enveloppe contenait les cartes P. P. C. de Costecalde, de
Barban et de Rugimabaud; sur la carte de Barban avaient également
signé et pris congé quatre miliciens Caissargue, Bouillargue,
Truphénus et Roquetaillade.
Depuis quelques jours la chaloupe se trouvait toute prête, garnie de provisions, en vue d'une nouvelle expédition projetée par le R. P. Bataillet.

Les misérables ont profité de cette aubaine. Ils ont tout emporté, même la boussole, et leurs fusils pardessus le marché.

Et dire que les trois premiers sont mariés, qu'ils laissent derrière eux des femmes et une tapée d'enfants! Les femmes passe encore de les abandonner ainsi, mais des enfants!

Le sentiment général de la colonie à la suite de cet événement, une grande stupeur.

Tant qu'on avait la chaloupe, il restait l'espoir de gagner le continent d'île en île, on croyait à la possibilité d'aller chercher du secours; maintenant, il semble que ce soit les ponts coupés avec le restant du monde.

Le Père Bataillet est entré dans une colère terrible, appelant tous les feux du ciel sur ces bandits, voleurs, déserteurs et pis encore. Excourbaniès, lui, allait partout criant qu'on aurait dû les fusiller comme des singes verts et qu'il fallait, à titre de représailles, passer par les armes leurs femmes et leurs enfants.

Le Gouverneur, seul, a gardé tout son sangfroid:

«Ne nous emballons pas, disaitil. Après tout, ce sont des Tarasconnais encore. Plaignonsles, songeons aux dangers qu'ils vont courir. Truphénus seul parmi eux a quelques notions de la voile.»

Puis, cette belle pensée lui est venue de faire des enfants abandonnés les pupilles de la colonie.

Au fond, je le crois très heureux d'être débarrassé de son ennemi mortel et de ses acolytes.

Dans la journée, Son Excellence m'a dicté l'ordre du jour suivant, qui a été affiché en ville:

ORDRE

Nous, Tartarin, gouverneur de PortTarascon et dépendances, grand cordon de l'ordre, etc., etc...

Recommandons le plus grand calme à la population.

Les coupables seront poursuivis avec activité et soumis à toutes les sévérités de la loi.

Le Directeur de l'artillerie et de la marine est chargé de l'exécution du présent décret.

En postscriptum, pour répondre à certains mauvais bruits qui couraient depuis quelque temps, il m'a fait ajouter: L'ail ne manquera pas.

6 décembre. L'ordre du Gouverneur a produit en ville le meilleur effet. On aurait bien pu se faire cette réflexion: Poursuivre les coupables? Comment? Par où? Avec quoi? Mais ce n'est pas pour rien qu'un proverbe dit chez nous:

«L'homme par la parole et le boeuf par les cornes.»

La race tarasconnaise est si sensible aux belles phrases que personne n'a mis la parole du Gouverneur en doute.

Un rayon de soleil entre deux averses est arrivé par làdessus et voilà tout le monde ravi: sur le TourdeVille ce sont des danses et des rires. Ah! le joli peuple, et vraiment commode à manier!

10 décembre. Un honneur inouï m'arrive: je suis promu grand de première classe.

Trouvé le brevet ce matin à déjeuner sous mon assiette. Le Gouverneur s'est montré très heureux d'avoir pu m'accorder cette haute distinction; Franquebalme, Beaumevieille, le Révérend, ont paru aussi enchantés que moimême de la nouvelle dignité qui me fait leur égal.

Le soir, descendu chez les des Espazettes, où la nouvelle était déjà connue. Le marquis m'a donné l'accolade devant Clorinde, toute rouge de plaisir. La marquise seule semblait indifférente à mes nouveaux honneurs. Pour elle, ce manteau de grand ne me relève pas encore de ma roture. Que lui faudraitil donc?... De première classe!... Et à mon âge!...

14 décembre. Il se passe quelque chose d'extraordinaire au Gouvernement, de si extraordinaire que j'ose à peine le confier à ce registre.

Le Gouverneur a un sentiment!

Et pour qui? Je vous le donne en mille. Pour se petite filleule, la princesse Likiriki!

Lui, Tartarin, notre grand Tartarin, qui a refusé tant de beaux partis, ne voulant d'autre épouse que la gloire, épris d'une singesse! Singesse de sang royal, je veux bien, régénérée par l'eau du baptême, mais restée sauvage en dessous, menteuse, gourmande, chapardeuse, et si cocasse de moeurs et d'habitudes! des costumes en loques, toujours en haut de quelque cocotier dès qu'il ne pleut pas, s'amusant à jeter sur les crânes dénudés de nos anciens des noix dures comme des cailloux. Elle a manqué ainsi d'assommer le vénérable Miégeville.

Puis l'écart entre leurs deux âges. Tartarin a bien soixante ans; il grisonne, il prend du corps. Elle, douze à quinze ans, au plus; l'âge de la petite Fleurance dans la chanson de chez nous:

L'a prise si jeunette, Ne sait se ceinturer.

Et c'est cette fillette, ce sauvageon des îles, que nous aurions pour souveraine!

Depuis longtemps, j'avais noté certains indices. Ainsi les indulgences du Gouverneur pour le père, ce vieux bandit de Négonko, qu'il invitait souvent à notre table, malgré la malpropreté de ce hideux gorille, mangeant avec ses doigts, se gavant d'eaudevie jusqu'à rouler sous sa chaise.

Tartarin traitait tout cela de «bonne gaieté cordiale», et si la petite princesse, à l'exemple de son père, se livrait à quelque fantaisie bizarre à nous donner froid dans le dos à tous, notre bon maître souriait, la couvait d'un regard paternel qui demandait grâce pour elle et disait:

«C'est une enfant...»

Tant bien, malgré ces symptômes, d'autres plus probants encore, je n'y voulais pas croire; mais le doute ne m'est plus permis.

18 décembre. Ce matin, au conseil, le Gouverneur s'est ouvert à nous de son projet de mariage avec la petite princesse.

Il a prétexté la politique, parlé d'un mariage de convenances, des intérêts de la colonie: PortTarascon était isolé, perdu dans l'Océan, sans alliances. En épousant la fille d'un roi papoua, il nous amenait une flotte, une armée.

Personne dans le conseil n'a fait d'objection.

Excourbaniès, le premier, s'est élancé, trépignant d'enthousiasme «Bravo!... Parfait!... À quand la noce?... Ah! ah! ah!...» Ce soir, en ville, qui sait ce qu'il va répandre d'infamies.

Cicéron Franquebalme, par habitude, a dévidé ses implacables raisonnements sur le pour et sur le contre, «que si d'une part la colonie..., il convient de dire que d'autre part..., toutefois et quantes... verum enim vero...», et finalement il s'est rangé à l'opinion du Gouverneur.

Beaumevieille et Tournatoire ont emboîté le pas derrière lui. Quant au Père Bataillet, il semblait au fait de l'histoire, et n'a pas protesté.

Le comique, c'était les figures hypocrites que nous avions tous, feignant de croire aux intérêts coloniaux invoqués par Tartarin, au milieu d'un grand silence approbateur.

Tout à coup ses bons yeux se sont mouillés de larmes gaies, et il nous a dit très doucement:

«Et puis, voyez, mes amis, ce n'est pas tout ça..., moi je l'aime, cette petite.» C'était si simple, si touchant, que nous avons eu tous le coeur retourné. «Hé! faites donc, monsieur le Gouverneur, faites donc» et on l'entourait, on lui serrait les mains.

20 décembre. Le projet du Gouverneur est très discuté en ville, moins sévèrement jugé cependant que je n'aurais cru. Les hommes en parlent gaiement, à la tarasconnaise, avec la pointe de malice qu'on met chez nous aux choses de l'amour.

Les femmes sont généralement plus hostiles, le groupe de Mlle Tournatoire surtout. Puisqu'il voulait se marier, pourquoi ne pas choisir dans la nation? Beaucoup en parlant ainsi pensent à elles mêmes ou à leurs demoiselles.

Excourbaniès, venu en ville dans la soirée, s'est mis du parti des dames et montrait les côtés faibles du mariage: ce beaupère sans tenue, ivrogne, cannibale; puis la fiancée ellemême ayant selon toute vraisemblance, mangé du Tarasconnais. Tartarin aurait dû plus y réfléchir.

En entendant parler ce traître, je sentais la colère qui me montait et je suis sorti du salon bien vite, tant j'avais peur de lui envoyer un emplâtre dans la figure. On a le sang vif à Tarascon, outre!

Quitté de là, entré chez les des Espazettes. La marquise bien faible, toujours couchée, pauvre femme, répugnant toujours la soupe à l'ail de Tournatoire, m'a dit, sitôt qu'elle m'a vu «Hé bien, monsieur le chambellan, y auratil des dames du palais près de la nouvelle reine?» Elle voulait rire; mais tout de suite l'idée m'est venue qu'il y avait là quelque chose pour nous. Demoiselle d'honneur ou dame du palais, Clorinde habiterait la Résidence, on pourrait se voir à toute heure... Un tel bonheur seraitil possible!

À mon retour, le Gouverneur venait de se coucher, mais je n'ai pas voulu attendre au lendemain pour l'entretenir de mon projet, qu'il a trouvé de bonne politique. Resté très tard près de son lit à causer avec lui de ses amours et des miennes.

25 décembre. Hier soir, veille de Noël, toute la colonie se réunissait dans le grand salon, le Gouvernement, les dignitaires, et nous avons célébré notre belle fête provençale à cinq mille lieues de la patrie.

Le Père Baillet a dit la messe de minuit, puis on a posé le cachefeu. C'est une bûche de bois que le plus vieux de l'assistance promène autour de la salle et jette dans le feu en l'arrosant de vin blanc.

La princesse Likiriki était là, très amusée de la cérémonie, et des nougats, des coques, des estévenons, et mille friandises locales dont l'ingénieux pâtissier Bouffartigue avait paré la table.

On a chanté de vieux noëls:

Voici le roi Maure Avec ses yeux tout trévirés; L'enfant Jésus pleure, Le roi n'ose plus entrer

Ces chants, les gâteaux, le grand feu autour duquel on faisait cercle, tout cela nous rappelait le pays, malgré le bruit d'eau qu'on entendait sur le toit et les parapluies ouverts dans le salon à cause des fissures.

À un moment, le Père Bataillet a entonné sur l'harmonium la belle chanson de Frédéric Mistral, Jean de Tarascon pris par les corsaires, l'histoire d'un Tarasconnais tombé aux mains des Turcs, prenant le turban sans vergogne et tout près d'épouser la fille du pacha quand il entend sur le rivage chanter en provençal les matelots d'une barque tarasconnaise. Alors, Comme l'eau jaillit sous un coup de rame un grand flot de larmes crève son coeur dur; le despatrié pense à la patrie, et se désespère d'être avec les Turcs.

À ce vers comme l'eau jaillit sous un coup de rame, un sanglot nous a tous secoués. Le Gouverneur luimême buvait ses larmes, la tête renversée, et on voyait le grand cordon de l'Ordre qui se soulevait sur sa poitrine d'athlète. Voilà qui va changer peut être bien des choses, rien que cette chanson du grand Mistral.

29 décembre. Aujourd'hui, à dix heures du matin, mariage de S. Exc. Tartarin, gouverneur de PortTarascon, avec la princesse royale Négonko.

Ont signé au contrat: S. M. Négonko, qui a fait une croix pour paraphe, les directeurs et les grands dignitaires de la colonie, puis la messe a été dite dans le grand salon.

Cérémonie très simple, très digne, les miliciens en armes, tout le monde en grand costume. Seul Négonko faisait tache. Son attitude comme roi et comme père a été déplorable.

Rien à dire de la princesse, très jolie dans sa robe blanche et sa parure de corail.

Le soir, grande fête, double ration de vivres, coups de canon, salves de nos tireurs de conserves, et des vivats, des chants, une joie universelle.

Et il pleut!... Et il en tombe!...

Apparition du duc de Mons L'île bombardée Ce n'était pas le duc de Mons. Amenez le drapeau, coquin de sort! Douze heures aux Tarasconnais pour évacuer l'île sans bateau. À la table de Tartarin, tous jurent de suivre leur Gouverneur dans sa captivité.

«Vé! Vé!... Un navire!... Un navire dans la rade.»

À ce cri poussé un matin par le milicien Berdoulat, en train de chercher des oeufs de tortue sous une pluie battante, les colons de PortTarascon se montrèrent aux ouvertures de leur arche envasée, et en même temps que mille cris répercutaient le cri de Berdoulat:

«Un navire, vé! vé! un navire!» par les fenêtres, par les portes, gambadant, cabriolant comme une pantomime anglaise, la foule se précipitait sur la plage, qu'elle emplissait d'un mugissement de veaux marins.

Le Gouverneur, averti, accourut aussitôt et, tout en achevant de boutonner sa jaquette, il rayonnait sous le ciel ruisselant au milieu de son peuple en parapluies:

«Hé bien, mes enfants, quand je vous le disais qu'il reviendrait!... C'est le duc!...

Le duc?

Qui voulezvous que ce soit? Hé! Oui, notre brave duc de Mons, qui vient ravitailler sa colonie, nous apporter les armes, les instruments et les bras de rafataille que je n'ai jamais cessé de lui réclamer.

Il fallait voir, à ce moment, les figures effarées de ceux qui s'étaient le plus indignés contre le «sale Belge», car tous n'avaient pas l'impudence d'Excourbaniès criant et tourbillonnant sur la plage «Vive le duc de Mons! Ah! ah! ah!... Vive notre sauveur!...»

Pendant ce temps, un grand steamer, haut sur l'eau, imposant, s'avançait dans la rade. Il siffla, cracha sa vapeur, laissa tomber son ancre retentissante, mais très loin du rivage à cause des coraux, puis resta là, immobile sous la pluie et dans le silence.

Les colons commençaient à s'étonner du peu d'empressement que mettaient les gens du navire à répondre à leurs acclamations, à leurs signaux de parapluies et de chapeaux agités. Il leur semblait froid, le noble duc.

«Différemment, il n'est peutêtre pas sûr que c'est nous.

Ou bien nous en veutil du mal qu'on a dit de lui.

Du mal? Moi je n'en ai jamais dit.

Ni moi certes.

Moi, pas davantage...»

Tartarin, au milieu de la confusion, ne perdit pas la tête. Il donna l'ordre d'agiter le drapeau au faîte de la Résidence et d'assurer les couleurs d'un coup de canon.

Le coup partit, les couleurs tarasconnaises ondoyèrent dans l'air.

Au même instant une effroyable détonation remplit la rade, enveloppant le navire d'un nuage de lourde fumée, tandis qu'une espèce d'oiseau noir, passant audessus des têtes avec un sifflement rauque, venait s'abattre sur le toit du magasin qu'il écorna.

Il y eut d'abord un mouvement de stupeur.

«Mais ils nous ti!... tirent dessus!» clama Pascalon.

À l'exemple du Gouverneur, toute la colonie s'était jetée à plat ventre sur la rive.

«Alors, ce ne serait donc pas le duc,» disait tout bas Tartarin à Cicéron Franquebalme, lequel, affalé dans la boue près de lui, crut devoir entamer une de ses discussions rigoureuses..., «que si d'une part il était supposable..., d'autre part on pouvait se dire aussi...»

L'arrivée d'un nouvel obus interrompit son raisonnement. Pour le coup, le Père Bataillet bondit, et d'une voix furibonde appela le sacristain Galoffre, son garde d'artillerie, disant qu'à eux deux ils allaient riposter avec la caronade.

«Je vous le défends bien, par exemple, lui cria Tartarin. Quelle imprudence!...Tenezle, vous autres..., empêchezle...» Torquebiau et Galoffre luimême prirent le Révérend chacun par un bras et le forcèrent à se coucher comme tout le monde, au moment où le troisième coup de canon partait du navire, toujours dans la direction du drapeau tarasconnais. Visiblement on en voulait aux couleurs nationales. Tartarin le comprit; il comprit aussi que, le drapeau disparu, les obus cesseraient de pleuvoir; et, de toute la puissance de ses poumons, il mugit:

«Amenez le drapeau, coquin de sort!»

Aussitôt, tous de crier comme lui:

«Amenez le drapeau!... Amenez donc le drapeau!...» Mais personne ne l'amenait, ni colons ni miliciens ne se souciant de grimper là haut pour cette dangereuse besogne. Ce fut encore la fille Alric qui se dévoua. Elle échela le toit et mit bas le malencontreux pavillon. Alors seulement le steamer cessa de tirer.

Quelques instants, après, deux chaloupes chargées de soldats, dont on voyait de loin étinceler les armes, se détachaient du navire et s'avançaient vers le rivage au rythme des grands avirons des vaisseaux d'État. À mesure qu'elles approchaient; on pouvait distinguer les couleurs anglaises traînant à l'arrière dans le sillage d'écume.

La distance était grande, et Tartarin eut le temps de se relever, d'effacer les macules de boue restées à ses vêtements, même de se faire apporter le cordon de l'Ordre, qu'il passa à la hâte pardessus sa jaquette vertserpent. Il avait suffisamment tenue de gouverneur quand les deux chaloupes atterrirent.

Le premier, un officier anglais, hautain, le chapeau en bataille, sauta sur la plage, et derrière lui se rangèrent les matelots, portant tous écrit sur leur bonnet de marine Tomahawk, plus une compagnie de débarquement. Tartarin, très digne, sa lippe des grands jours, attendait, ayant à sa droite le Père Baillet et à sa gauche Franquebalme.

Quant à Excourbaniès, au lieu de rester près d'eux, il s'était élancé à la rencontre des Anglais, prêt à danser devant le vainqueur une bamboula frénétique.

Mais l'officier de Sa Gracieuse Majesté, sans prendre garde à ce fantoche, marcha droit vers Tartarin et demanda en anglais:

«Quelle nation?»

Franquebalme, qui comprenait, répondit dans la même langue
«Tarasconnais.»
L'officier ouvrit des yeux ronds comme des assiettes à ce nom de peuple qu'il n'avait jamais vu sur aucune carte marine, et demanda plus insolemment encore:

«Que faitesvous dans cette île? De quel droit l'occupezvous?» Franquebalme, interloqué, traduisit la demande à Tartarin, qui commanda «Répondez que l'île est à nous, Cicéron, qu'elle nous a été cédée par le roi Négonko, et que nous avons un traité en bonne forme.» Franquebalme n'eut pas besoin de continuer son rôle d'interprète. L'Anglais se tourna vers le Gouverneur et dit en excellent français:

«Négonko? Connais pas... Il n'y a pas de roi Négonko...» Aussitôt Tartarin donna l'ordre de chercher partout son royal beaupère et de l'amener.

En attendant, il proposa à l'officier anglais de venir jusqu'au Gouvernement, où il lui communiquerait les pièces.

L'officier accepta et suivit, laissant à la garde des chaloupes ses soldats de marine rangés l'arme au pied, la baïonnette au canon. Et quelles baïonnettes! D'un luisant, d'un tranchant, à donner la chair de poule.

«Du calme! Mes enfants, du calme!» murmurait Tartarin sur son passage.

Recommandation bien inutile, excepté pour le Père Bataillet, qui continuait d'écumer. Mais on avait l'oeil sur lui. «Si vous ne vous tenez pas, mon Révérend, je vous attache» lui disait Excourbaniès, fou de terreur.

Pendant ce temps où cherchait Négonko, on l'appelait de tous les côtés, vainement. Un milicien finit par le découvrir au fond du magasin, ronflant entre deux barriques, ivre d'ail, d'huile de lampe et d'alcool à brûler, dont il avait absorbé presque toute la réserve.

On l'amena dans cet état, empesté et gluant, devant le Gouverneur; mais il fut impossible d'en tirer un mot.

Alors Tartarin lut le traité à haute voix, montra la croix en signature de Sa Majesté, le sceau du Gouvernement, des grands dignitaires de la colonie.

Ce document authentique prouvait les droits des Tarasconnais sur l'île, ou rien ne les prouverait. L'officier haussa les épaules:

«Ce sauvage est un simple pickpocket, monsieur... Il vous a vendu ce qui ne lui appartenait pas. L'île est depuis longtemps une possession anglaise.» En face de cette déclaration, à laquelle les canons du Tomahawk et les baïonnettes des soldats de marine donnaient une valeur considérable, Tartarin sentit toute discussion inutile, et se contenta de faire une scène terrible à son indigne beaupère:

«Vieux coquin!... Pourquoi nous astu dit que l'île était à toi?... Pourquoi nous l'astu vendue?... N'astu pas honte de t'être joué d'honnêtes gens?» Négonko demeurait muet, abruti, sa courte intelligence de sauvage toute volatilisée en vapeurs d'ail et d'alcool.

«Qu'on l'emporte!...» dit Tartarin aux miliciens qui l'avaient amené, et se tournant vers l'officier, resté raide, impassible, pendant cette scène de famille:

«En tous cas, monsieur, ma bonne foi est indiscutable.

Les tribunaux anglais en décideront..., répondit l'autre du haut de sa morgue. Dès ce moment vous êtes mon prisonnier. Quant aux habitants, il faut que dans les vingt quatre heures ils aient évacué l'île, sinon nous les passerons par les armes.

Outre!... Passer par les armes! s'exclama Tartarin, mais d'abord comment voulezvous qu'ils évacuent? Nous n'avons pas de bateau. À moins qu'ils ne se sauvent à la nage...»

On finit par faire entendre raison à l'Anglais, qui consentit à prendre les colons à son bord jusqu'à Gibraltar, à condition que toutes les armes seraient rendues, même les fusils de chasse, les revolvers et le winchester à trentedeux coups.

Après quoi, il s'en retourna déjeuner sur sa frégate, laissant un poste en armes pour garder le Gouverneur.

C'était aussi l'heure de se mettre à table au Gouvernement, et, après avoir cherché la princesse sur tous les lataniers et cocotiers de la Résidence, comme on ne la trouvait nulle part, on s'assit, en laissant sa place vide. Tout le monde était si ému, que le Père Baillet en oublia le Bénédicité, Ils mangeaient depuis quelques instants en silence, le nez dans leurs assiettes, quand tout à coup Pascalon se dressa et, levant son verre:

«Messieurs, notre Gou... verneur est pri... pri... sonnier de guerre. Jurons tous de le suivre dans sa cap... cap... cap...»

Sans attendre la fin, tous debout, les verres tendus, crièrent d'enthousiasme:

«Parfaitement!

Feu de Dieu! si nous le suivrons!...

Je crois bien!... Jusque sur l'échafaud!...

Ha! ha! ha!... Vive Tartarin!...» hurlait Excourbaniès.

Une heure après, à l'exception de Pascalon, tous avaient lâché le Gouverneur, tous, même la petite princesse Likiriki, miraculeusement retrouvée sur le toit de la Résidence. C'est là qu'elle s'était réfugiée au premier bruit de la canonnade, sans se rendre compte des risques bien plus grands qu'elle courait là haut, et tellement folle d'épouvante, que ses dames d'honneur n'avaient pu la décider à descendre qu'en lui montrant de loin une boîte de sardines ouverte, comme on offre une sucrerie à une perruche échappée de sa cage.

«Ma chère enfant, lui dit Tartarin d'un ton solennel quand on l'eut amenée près de lui, je suis prisonnier de guerre. Que préférezvous? Venir avec moi ou bien rester dans l'île? Je pense que les Anglais vous y laisseront, mais en ce cas vous ne me verrez plus.»

Sans hésiter, bien en face, elle répondit dans son gazouillis enfantin et clair:

«Moi rester l'île, touzou.

C'est bien, vous êtes libre,» dit Tartarin, résigné; mais au fond le pauvre homme avait le coeur en morceaux.

Le soir, dans la solitude de la résidence, abandonné de sa femme, de ses dignitaires, n'ayant plus près de lui que Pascalon, il rêva longtemps à la fenêtre ouverte.

Au loin clignotaient les lumières de la ville; on entendait des voix irritées, les chansons des Anglais campés sur le rivage et le fracas du PetitRhône grossi par les pluies.

Tartarin referma sa fenêtre avec un gros soupir et, tout en mettant son foulard de nuit, un vaste foulard à pois qu'il nouait en serretête, il dit à son fidèle secrétaire:

«Quand les autres m'ont renié, cela ne m'a pas trop surpris ni chagriné; mais cette petite..., vrai! j'aurais cru qu'elle aurait plus d'attachement.»

Le bon Pascalon essaya de le consoler. Après tout, cette princesse sauvage était un colis bien étrange à ramener à Tarascon, car finalement on y rentrerait toujours à ce Tarascon, et quand Tartarin reprendrait son existence d'autrefois, làbas, sa femme papoua aurait pu le gêner, l'afficher...

«Rappelezvous, mon bon maître, lorsque vous revîntes d'Algérie, votre cha... chameau, comme vous le trouviez encombrant...»

Tout de suite Pascalon s'interrompit et devint très rouge. Quelle idée d'aller parler de chameau à propos d'une princesse de sang royal! Et pour réparer ce que cette comparaison avait d'irrévérencieux, il fit remarquer à Tartarin l'analogie de sa situation avec celle de Napoléon prisonnier des Anglais et abandonné par MarieLouise.

«En effet», dit Tartarin très fier de ce rapprochement; et l'identité de leurs deux destinées, à lui et au grand Napoléon, lui fit passer une excellente nuit.

Le lendemain, PortTarascon était évacué à la grande joie des colons. Leur argent perdu, les hectares illusoires, le grand coup de banque du «sale Belge» dont ils avaient été victimes, tout cela ne leur semblait rien auprès du soulagement qu'ils éprouvaient à sortir enfin de ce marécage.

On les embarqua les premiers, pour éviter tout conflit avec l'État de choses, qu'ils rendaient maintenant responsable de leur mauvais sort.

Comme on les conduisait aux chaloupes, Tartarin se montra à sa fenêtre, mais dut s'en retirer bien vite sous les huées qui l'accueillirent et devant les poings menaçants tendus vers lui.

Bien sûr que par un jour de soleil les Tarasconnais se seraient montrés plus indulgents, mais l'embarquement se faisait sous une pluie torrentielle, les malheureux pataugeaient dans la fange, emportaient aux semelles des kilos de cette terre maudite, et les parapluies garantissaient à peine le petit bagage que chacun tenait en main.

Quand tous les colons eurent quitté l'île, ce fut le tour de
Tartarin.
Depuis le matin, Pascalon s'agitait, préparant tout, réunissant en liasses les archives de la colonie.

À la dernière heure, il lui vint une idée de génie. Il demanda à Tartarin s'il devait mettre pour se rendre à bord son manteau de première classe.

«Metsle toujours, ça les impressionnera!...» répondit le
Gouverneur.
Et luimême passa le grand cordon de l'Ordre.

En bas on entendait sonner les crosses de fusil de l'escorte, la voix dure de l'officier appelant:

«Monsieur Tartarin! Allons, monsieur le Gouverneur!»

Avant de descendre, Tartarin jeta un dernier regard autour de l'île, sur cette maison où il avait aimé, où il avait souffert, subi toutes les affres du pouvoir et de la passion.

Voyant à ce moment le chef du secrétariat dissimuler un cahier sous son manteau, il s'informa, voulut voir, et Pascalon dut faire à son bon maître l'aveu du Mémorial.

«Hé bien, continue, mon enfant, dit doucement Tartarin en lui pinçant l'oreille, comme faisait Napoléon à ses grenadiers, tu seras mon petit Las Cases.»

La similitude de sa destinée avec celle de Napoléon le préoccupait depuis la veille.

Oui, c'était bien cela... Les Anglais, MarieLouise, Las Cases...

Une vraie analogie de circonstances et de type... Et tous deux du
Midi, coquin de sort!

De la réception que les Anglais firent à Tartarin à bord du «Tomahawk». Derniers adieux à l'île de Port Tarascon. Conversation du Gouverneur sur le tillac avec son petit Las Cases. Costecalde est retrouvé. La dame du commodore. Tartarin tire sa première baleine.

La dignité d'attitude de Tartarin, lorsqu'il monta sur le pont du Tomahawk, impressionna fort les Anglais, saisis surtout par le grand cordon de l'Ordre, rosé avec la Tarasque brodée, dont le Gouverneur s'écharpait comme d'un symbole maçonnique, et aussi par le manteau rouge et noir de grand de première classe qui enveloppait Pascalon de la tête aux pieds.

Les Anglais ont en effet, pardessus tout, le respect de la hiérarchie, du fonctionnarisme et du maboulisme (de maboul, en langue arabe l'innocent, le bon toqué).

À la coupée du navire, Tartarin fut reçu par l'officier de service et conduit dans une cabine des premières avec les plus grands égards. Pascalon le suivit, bien récompensé de son dévouement, Car on lui donna la chambre à côté du Gouverneur, au lieu de le fourrer dans l'entrepont comme les autres Tarasconnais, entassés là en misérable troupeau d'émigrants, et pêlemêle avec eux tout l'ancien étatmajor de l'île, ainsi puni de sa faiblesse et de sa lâcheté.

Entre la cabine de Tartarin et celle de son fidèle secrétaire se trouvait un petit salon garni de divans, de panoplies, de plantes exotiques, et une salle à manger où deux blocs de glace, dans des vases d'encoignure, entretenaient une perpétuelle fraîcheur.

Un maître d'hôtel, deux ou trois domestiques, étaient attachés à la personne de Son Excellence, qui acceptait ces honneurs du plus beau sangfroid, et à chaque nouvelle prévenance répondait «Parfaite main!» d'un ton de souverain habitué à tous les respects et à toutes les sollicitudes.

Au moment où on leva l'ancre, Tartarin monta sur le pont, malgré la pluie, pour dire un dernier adieu à son île.

Elle lui apparut confusément, dans le brouillard, assez distincte cependant à travers ce voile gris pour qu'on pût entrevoir le roi Négonko et ses bandits en train de piller la ville, la Résidence, et de danser sur le rivage une farandole effrénée.

Tous les catéchumènes du Père Bataillet, sitôt le missionnaire et les gendarmes partis, retournaient à leur bon instinct de nature.

Pascalon crut même reconnaître, au milieu des danses, la gracieuse silhouette de Likiriki, mais il n'en dit rien, de peur d'affliger son bon maître, qui semblait du reste fort indifférent à tout cela.

Très calme, les mains au dos, dans une historique et marmoréenne attitude, le héros tarasconnais regardait devant lui sans voir de plus en plus préoccupé des analogies de sa destinée avec celle de Napoléon, s'étonnant de découvrir entre le grand homme et lui mille points de ressemblance, même des faiblesses communes dont il convenait très simplement.

«Ainsi, tenez, disaitil à son petit Las Cases, Napoléon avait des colères terribles; moi de même, surtout dans mon jeune temps... Par exemple, cette fois, au café de la Comédie, où, discutant avec Costecalde, j'envoyai d'un coup de poing sa tasse et la mienne en mille miettes...

Bonaparte à Léoben!... remarqua timidement Pascalon.

Tout juste, mon enfant, fit Tartarin avec un bon sourire.

Mais, en y songeant, c'est par l'imagination, leur fougueuse imagination méridionale, que l'Empereur et lui s'étaient le plus ressemblés. Napoléon l'avait grandiose, débordante, à preuve sa campagne d'Égypte, ses courses dans le désert sur un chameau, encore une similitude frappante, ce chameau, sa campagne de Russie, son rêve de la conquête des Indes.

Et lui, Tartarin, son existence tout entière n'étaitelle pas un rêve fabuleux!...

Les lions, les nihilistes, la Jungfrau, le gouvernement de cette île à cinq mille lieues de France! Certes il ne contestait pas la supériorité de l'Empereur, à certains points de vue; mais lui, du moins, n'avait pas fait verser le sang, des fleuves de sang! ni terrifié le monde comme l'otre...

Cependant l'île disparaissait au loin, et Tartarin, appuyé contre le bastingage, continuait à parler à haute voix pour la galerie, pour les matelots qui enlevaient les escarbilles tombées sur le pont, pour les officiers de quart qui s'étaient rapprochés.

À la longue, il devenait ennuyeux. Pascalon lui demanda la permission d'aller à l'avant se mêler aux Tarasconnais, dont on apercevait de loin quelques groupes consternés sous la pluie, afin, disaitil, de savoir un peu ce qu'ils pensaient du Gouverneur, surtout dans l'espérance de glisser à sa chère Clorinde quelques mots d'encouragement et de consolation.

Une heure plus tard, en revenant, il trouva Tartarin installé sur le divan du petit salon, à l'aise, en caleçon de flanelle et foulard de tête, comme chez lui à Tarascon, dans sa petite maison du Cours, en train de fumer pipette devant un délicieux sherry gobbler.

D'une humeur adorable, le maître demanda:

«Hé bien, qu'estce qu'ils vous ont dit de moi, ces braves gens?»

Pascalon ne cacha pas qu'ils lui avaient paru tous «très montés!»

Empilés dans l'entrepont de l'avant comme des bestiaux, mal nourris, durement traités, ils rendaient le Gouverneur responsable de toutes leurs déconvenues.

Mais Tartarin haussa les épaules; il connaissait son peuple, vous pensez bien!

Tout cela sécherait au premier matin de soleil.

«Sûr qu'ils ne sont pas méchants, répondit Pascalon, mais c'est ce mauvais gueux de Costecalde qui les excite.

Costecalde. Comment ça?... Que parlezvous de Costecalde?»

Tartarin s'était troublé en entendant ce nom funeste.

Pascalon lui expliqua comment leur ennemi, rencontré et recueilli en mer par le Tomahawk dans un canot où il mourait de faim et de soif, avait traîtreusement signalé la présence d'une colonie provençale sur territoire anglais, et guidé le navire jusque dans la rade de PortTarascon. Les yeux du Gouverneur étincelèrent «Ah! le gueux!... Ah! le forban!...»

Il se calma au récit que lui fit Pascalon des sinistres aventures de l'ancien fonctionnaire et de ses acolytes.

Truphénus noyé!... Les trois autres miliciens, en descendant à terre pour faire de l'eau, pris par les anthropophages!... Barban trouvé mort d'inanition au fond de la barque!... Quant à Rugimabaud, un requin l'avait mangé.» Ah vai! un requin!... Dites plutôt cet infâme Costecalde.

Mais le plus extraordinaire de tout, monsieur le Gou... Gouverneur, c'est que Costecalde prétend avoir rencontré en pleine mer, un jour de tempête, sous les éclairs, devinez qui?...

Que diable veuxtu que je devine?

La Tarasque la mèregrand!

Quelle imposture!...»

Après tout, qui sait?... Le Tutupanpan pouvait avoir fait naufrage; ou peutêtre qu'un coup de mer avait enlevé la Tarasque amarrée sur le pont... À ce moment le steward vint présenter le menu à M. le Gouverneur, qui s'attablait quelques instants après, avec son secrétaire, en face d'un excellent dîner au Champagne, où figuraient de superbes tranches de saumon, un roastbeef rosé, cuit à miracle, et pour dessert le plus savoureux pudding. Tartarin le trouva si bon qu'il en fit porter une bonne part au Père Bataillet et à Franquebalme; quant à Pascalon, il confectionna quelques sandwichs de saumon qu'il mit de côté. Estil besoin de dire pour qui, pécaïre! Dès le deuxième jour de navigation, lorsque l'île ne fut plus en vue, comme si elle eût été au milieu de ces archipels un réservoir isolé de brouillards et de pluie, le beau temps apparut.

Chaque matin, après le déjeuner, Tartarin montait sur le pont et s'installait à une place, toujours la même, pour causer avec Pascalon.

Ainsi Napoléon, à bord du Northumberland, avait son poste favori, ce canon auquel il s'appuyait et qu'on appelait le canon de l'Empereur.

Le grand Tarasconnais pensaitil à cela? Cette coïncidence étaitelle voulue? Peutêtre; mais elle ne doit le diminuer en rien à nos yeux. Estce que Napoléon, en se livrant à l'Angleterre, ne songeait pas à Thémistocle, et sans même le dissimuler?

«Je viens comme Thémistocle...» Et qui sait si Thémistocle lui même, venant s'asseoir au foyer des Perses...? L'humanité est si vieille, si encombrée, si piétinée! On y marche toujours dans les traces de quelqu'un...

Du reste, les détails que Tartarin donnait à son petit Las Cases ne rappelaient en rien l'existence de Napoléon et lui étaient bien personnels à lui, Tartarin de Tarascon.

C'était son enfance sur le TourdeVille, ses précoces aventures en revenant du cercle, la nuit; tout petit, déjà le goût des armes, des chasses aux grands fauves; et toujours ce bon sens latin qui ne l'abandonnait pas dans les plus folles escapades, cette voix intérieure qui lui disait «Rentre de bonne heure..., ne t'enrhume pas.»

C'était encore, au lointain de sa mémoire, dans une excursion au pont du Gard, une vieille, vieille gitane, lui disant, après avoir regardé les lignes de sa main «Un jour, tu seras roi.» Vous pensez si cet horoscope fit rire tout le monde! Il devait se réaliser pourtant.

Ici le grand homme s'interrompit:

«Je vous jette ces choses, voyez, un peu à la bousculade, comme elles me viennent, mais pour le Mémorial je crois que cela pourra vous être utile...

Certes!» fit Pascalon, qui buvait les paroles de son héros, tandis qu'une demidouzaine de jeunes midships, groupés autour de Tartarin, écoutaient ses récits, bouche bée.

Mais la plus attentive était la femme du commodore, une toute jeune, dolente et délicate créole, étendue non loin de là sur une chaise longue en bambou, avec des poses abandonnées, la pâleur chaude d'un magnolia, de grands yeux noirs, doux, profonds, pensifs... Cellelà, oui, s'en abreuvait des histoires de Tartarin.

Tout fier de voir son maître si passionnément écouté, Pascalon le voulait plus glorieux encore, lui faisait raconter ses chasses au lion, son ascension de la Jungfrau, la défense de Pampérigouste. Et le héros, bon enfant comme toujours, prêtant la main à cet innocent compérage, se livrait tout entier, se laissait feuilleter comme un livre, mais un livre à images, illustré par son expressive mimique tarasconnaise et les pan! pan! de ses aventures de chasse.

La créole, frileusement pelotonnée sur sa chaise longue, tressaillait à chaque éclat de voix, et ses émotions se marquaient d'une touche fine, d'une vaporeuse montée de rosé sur son teint délicat d'aquarelle.

Quand le mari, le commodore, sorte de Hudson Lowe à museau de fouine méchante, venait la chercher pour la faire rentrer, elle suppliait:

«Non, non..., pas encore,» coulant un regard vers le grand homme de Tarascon, qui n'était pas sans l'avoir remarquée non plus et, pour elle, haussait la voix avec quelque chose de plus noble dans l'attitude et dans l'accent.

Quelquefois, en regagnant leur cabine après une de ces séances, il interrogeait Pascalon d'un air négligent:

«Que vous a dit la dame du commodore? Il me semble qu'il était question de moi, hé?...

Effectivement, maî...ître. Cette personne me disait qu'elle avait déjà beaucoup entendu parler de vous.

Cela ne m'étonne pas, fit Tartarin simplement, je suis très populaire en Angleterre.»

Encore une analogie avec Napoléon.

Un matin, monté sur le pont de bonne heure, il fut très étonné de ne pas y trouver sa créole comme d'habitude. Sans doute le mauvais temps qu'il faisait ce jourlà, la température un peu vive, les embruns éclaboussant la dunette, ne lui avaient pas permis de sortir, si délicate de santé, si nerveusement impressionnable!

Le pont luimême et l'équipage semblaient gagnés par l'agitation de la mer.

Une baleine venait d'être signalée, fait assez rare dans ces parages. Elle n'avait pas d'évents, ne lançait pas de jets d'eau; à quoi des matelots prétendaient reconnaître une femelle, d'autres une baleine d'espèce particulière. On n'était pas d'accord.

Comme elle restait sur la route du navire sans s'éloigner, un délégué du carré des élèves alla demander au commandant la permission de la pêcher. Il refusa, mauvais chien comme toujours, sous prétexte qu'on n'avait pas de temps à perdre et donna seulement l'autorisation de tirer à la bête quelques coups de fusil.

Elle se trouvait à deux cent cinquante ou trois cents mètres environ, et tantôt se montrait, tantôt disparaissait, suivant le mouvement de la mer, moutonnante et très lourde, ce qui rendait le tir difficile.

Après quelques coups de feu, dont les gabiers dans les enfléchures annonçaient les résultats, elle n'avait pas encore été touchée, car elle continuait à jouer, à cabrioler au ras de l'eau, et tout le monde regardait, même les Tarasconnais, qui grelottaient làbas à l'avant, arrosés, trempés, bien plus exposés aux éclaboussures des coups de mer que les gentlemen de l'arrière.

Mêlé aux jeunes officiers, qui essayaient leur adresse, Tartarin jugeait les coups:

«Trop loin!... trop court!...

Si vous tiriez, maî...aître?» bêla Pascalon.

Aussitôt, d'un geste vif de jeunesse, un midship se tourna vers
Tartarin:
«Voulezvous, monsieur le Gouverneur?»

Il offrait sa carabine; et ce fut quelque chose, la façon dont Tartarin prit l'arme, la soupesa, l'épaula, tandis que Pascalon demandait, fier et timide:

«Combien comptezvous pour la baleine?

Je n'ai pas souvent tiré ce gibierlà, répondit le héros, mais il me semble qu'on peut compter dix.»

Il visa, compta dix, tira et rendit la carabine à l'officier.

«Je crois qu'elle en a, dit le midshipman.

Hurrah!... criaient les matelots.

Je le savais,» dit Tartarin, modeste.

Mais à ce moment des hurlements épouvantables remplirent l'air, une bousculade enragée qui fit accourir le commandant, croyant à quelque assaut de son bord par une bande de pirates. Les Tarasconnais de l'avant bondissaient, gesticulaient, vociférant tous ensemble dans le bruit du vent et des vagues.

«La Tarasque... Il a tiré sur la Tarasque... Il a tiré sur la mèregrand...

Outre! Que disentils donc?» fit Tartarin, qui pâlissait.

À dix mètres maintenant du navire, la Tarasque de Tarascon, la monstrueuse idole, dressait audessus des flots verts son dos squameux, sa tête chimérique au rire féroce et vermillonné, aux yeux sanglants.

Faite de bois très dur, solidement charpentée, elle tenait la lame depuis le jour où, comme on le sut plus tard, un coup de mer l'avait arrachée du pont de Scrapouchinat. Elle roulait au gré de tous les courants marins, luisante, algueuse, coquillageuse, mais sans avarie, échappée aux typhons les plus épouvantables, intacte, indestructible; et sa première, son unique blessure, était celle que Tartarin de Tarascon venait de lui faire...

Lui! à elle! La cicatrice toute fraîche apparaissait au milieu du front de la pauvre mèregrand!

Un officier anglais s'exclama:

«Regardez donc, lieutenant Shipp, quel drôle d'animal estce que cela?

C'est la Tarasque, jeune homme, dit Tartarin solennel. C'est l'aïeule, la grand'mère vénérable de tout bon Tarasconnais.»

L'officier resta stupéfait, et il y avait de quoi, en apprenant que ce monstre bizarre était la grand'mère de l'étrange peuplade noiraude et moustachue, recueillie sur une île sauvage à cinq mille lieues en mer.

Tartarin s'était découvert respectueusement en parlant ainsi, mais déjà la mèregrand était loin, emportée par les courants du Pacifique, où elle doit errer encore, insubmersible épave que les récits des voyageurs, sous le nom de poulpe géant, de serpent de mer, signalent tantôt ici, tantôt là, à la grande terreur des équipages baleiniers.

Aussi longtemps qu'on put la voir, le héros la suivit des yeux, sans mot dire; quand elle ne fut plus qu'un petit point noir à l'horizon blanchissant des flots, alors seulement il murmura d'une voix faible:

«Pascalon, je vous le dis, voilà un coup de fusil qui me portera malheur!» Et tout le reste du jour il demeura soucieux, plein de remords et de terreur sacrée.

Un dîner chez le commodore. Tartarin esquisse un pas de farandole. Définition du Tarasconnais par le lieutenant Shipp. En vue de Gibraltar. La vengeance de la Tarasque.

On naviguait depuis une semaine, on approchait des côtes parfumées de l'Inde, sous le même ciel laiteux, sur la même mer huileuse et douce qu'au premier voyage, et Tartarin, par une belle aprèsmidi de chaleur et de clarté, faisait la sieste en caleçon dans se chambre, sa bonne grosse tête serrée dans son foulard à pois, dont les bouts, trop longs, se dressaient comme de paisibles oreilles de ruminant.

Tout à coup Pascalon se précipita dans la cabine.

«Hein!... Qu'estce que c'est? Qu'estce qu'il y a?» demanda brusquement le grand homme en arrachant son serretête, car il n'aimait pas qu'on le vit ainsi.

Pascalon répondit, suffoquant, les yeux ronds, bègue plus que jamais:

«Je crois qu'elle en tient.

Qui?... La Tarasque?... Hé, coquin de sort! je ne le sais que trop.

Non, dit Pascalon, plus bas qu'un souffle, la dame du commodore.

Pécaïre! pauvre petite! encore une!... Mais qui vous fait croire cela?» Pour toute réponse, Pascalon tendit un carton imprimé, par lequel lord commodore et lady William Plantagenet priaient Son Excellence le Gouverneur Tartarin et M. Pascalon, directeur du secrétariat, à dîner pour le soir même.

«Oh! les femmes!... les femmes!... s'écria Tartarin, car évidemment cette invitation à dîner venait de la femme du commandant; l'idée ne pouvait être du mari, il n'avait pas une tête à invitations.

Puis, s'interrogeant avec gravité:

«Doisje accepter, pas moins?... Ma situation de prisonnier de guerre...»

Pascalon, qui savait ses auteurs, rappela qu'à bord du Northumberland, Napoléon mangeait à la table de l'amiral.

«Voilà qui me décide, fit aussitôt le Gouverneur.

Seulement, ajouta Pascalon, l'Empereur se retirait avec les dames dès qu'on apportait les vins.

Parfaitement, ceci me décide encore plus. Répondez, à la troisième personne, que nous acceptons.

L'habit, n'estce pas, maître?

Certes.»

Pascalon aurait voulu aussi endosser son manteau de première classe, mais le maître ne fut pas de cet avis; luimême ne passerait pas le cordon de l'Ordre.

«Ce n'est pas le Gouverneur qu'on invite, ditil à son secrétaire, c'est Tartarin. Il y a une nuance.»

Ce diable d'homme comprenait tout.

Le dîner fut vraiment princier, servi dans une vaste salle à manger, toute reluisante, richement meublée en thuya et en érable, et pour cloisons, pour plancher, de ces jolies boiseries anglaises, si fines, si minutieuses, dont les minces lamelles semblent s'emboîter comme des joujoux.

Tartarin était assis à la place d'honneur, à la droite de lady William. Peu de monde invité, seulement le lieutenant Shipp et le docteur du bord, qui comprenaient le français. Un domestique en livrée nankin, raide, solennel, se tenait debout derrière chaque convive. Rien de riche comme le service des vins, la massive argenterie aux armes des Plantagenet, et au milieu de la table un magnifique surtout garni des orchidées les plus lares.

Pascalon, très intimidé au milieu de tout ce luxe, bégayait d'autant plus qu'il se trouvait toujours la bouche pleine au moment où on lui adressait la parole.

Il admirait l'aisance tranquille de Tartarin en face de ce commodore aux babines de chattigre, aux yeux verts striés de sang sous des cils d'albinos.

Mais le Tartarin, bon traqueur de fauves, se moquait un peu des chatstigres, et faisait sa cour à lady Plantagenet avec autant d'empressement et de grâce que si le commodore eût été à cent lieues de là. Milady, de son côté, ne cachait pas sa sympathie pour le héros et le regardait avec des yeux tendres, des yeux extraordinaires.

«Les malheureux! Le mari va tout voir,» se disait à chaque instant
Pascalon.
Eh bien, non, le mari ne voyait rien, et semblait lui aussi prendre un plaisir extrême aux récits du grand Tarasconnais.

Sur un désir de lady William, Tartarin conta l'histoire de la Tarasque, sainte Marthe et son ruban bleu; il parla de son peuple, dit la race tarasconnaise, ses traditions, son exode; puis il exposa son gouvernement, ses projets, ses réformes, le nouveau code qu'il préparait. Un code, par exemple, c'était bien la première fois qu'il lui arrivait d'en parler, même à Pascalon; mais saiton jamais tout ce que roulent ces vastes cervelles de conducteurs de peuples!
Il fut profond, il fut gai, il chanta des airs du pays, Jean de Tarascon pris par les corsaires, ses amours avec la fille du sultan.

Penché vers lady William, de quel vibrant et brûlant «à mivoix» il lui fredonnait le couplet:

«On dit qu'en étant général d'armée, la tête enramée avec du laurier, la fille du roi jolie et luisante, de lui amoureuse, un jour lui disait...

La languissante créole, si pâle d'ordinaire, en devenait toute rose.

Puis, la chanson finie, elle voulut savoir ce que c'était que la farandole, cette danse dont les Tarasconnais parlent toujours.

«Oh mon Dieu, c'est bien simple, vous allez voir...,» fit le bon
Tartarin.
Et, voulant ménager l'effet pour lui tout seul, il dit à son secrétaire:

«Restez, vous, Pascalon.»

Il s'était levé, il esquissa un pas en le rythmant sur un air de farandole, Rapataplan, patatin, patatan... Malheureusement le navire tanguait: il tomba, se releva, toujours de bonne humeur, et fut le premier à rire de sa mésaventure.

Malgré le cant et la discipline, toute la table s'esclaffait, trouvait le Gouverneur délicieux.

Tout à coup les vins apparurent. Aussitôt lady William quitta la salle, et Tartarin, jetant brusquement sa serviette, se retira à son tour sans saluer, sans s'excuser, conformément à la légende napoléonienne.

Les Anglais se regardèrent avec stupeur, échangeant quelques mots à voix basse.

«Son Excellence ne boit jamais de vin...,» dit Pascalon, qui crut devoir expliquer la sortie de son bon maître et prendre la parole à sa place.

Il tarasconnait fort agréablement lui aussi et, tout en tenant tête aux Anglais pour boire le claret, il les égayait, les frictionnait de sa verve joyeuse et de sa chaude pantomime.

Puis, lorsqu'on se leva de table, se doutant bien que Tartarin était monté sur le pont rejoindre lady Plantagenet, il s'offrit insidieusement pour faire la partie du commodore, grand amateur d'échecs.

Les autres convives du dîner causaient et fumaient autour d'eux; et à un moment, le lieutenant Shipp ayant chuchoté au docteur une drôlerie qui le fit beaucoup rire, le commodore leva la tête:

«Qu'estce qu'il a dit, ce Shipp?» Le lieutenant répéta sa phrase, et l'on rit encore plus fort sans que Pascalon pût comprendre de quoi il s'agissait.

Làhaut, pendant ce temps, appuyé au fauteuil de lady William, dans le parfum de la brise mourante et l'éblouissant reflet sur la mer, sur le pont du navire, d'un soleil couchant qui suspendait à tous les cordages des gouttelettes de groseille, Tartarin racontait ses amours avec la princesse Likiriki, et leur séparation déchirante. Il savait que les femmes aiment à consoler, et que porter ses chagrins de coeur en écharpe est la meilleure façon de réussir auprès d'elles.

Oh! la scène des adieux entre la petite et lui, chuchotée de tout près par Tartarin dans le mystère du crépuscule! Qui n'a pas entendu cela n'a rien entendu.

Je ne vous affirmerai pas que le récit fût absolument exact, que la scène ne fût pas un rien arrangée; mais, en tout cas, c'était comme il aurait voulu que cela fût, une Likiriki passionnée et brûlante, la pauvre princesse prise entre ses sentiments de famille et son amour conjugal, s'accrochant au héros de ses petites mains désespérées:

«Emmènemoi! emmènemoi!»

Lui, le coeur broyé, la repoussant, s'arrachant à ses étreintes «Non, mon enfant, il le faut. Reste avec ton vieux père, il n'a plus que toi,…»

En racontant ces choses, il versait de vraies larmes et il lui semblait que les beaux yeux créoles levés vers lui se mouillaient à son récit, pendant que le soleil, lentement descendu dans la mer, laissait l'horizon noyé dans une buée violette.

Soudain des ombres s'approchèrent, et la voix du commodore, coupante, glaciale, rompit le charme:

«Il est tard, il fait trop frais pour vous, ma chère, il faut rentrer.»

Elle se leva, s'inclina légèrement:

«Bonne nuit, monsieur Tartarin!»

Et il resta tout ému de la douceur qu'elle avait mise dans cette parole.

Pendant quelques instants encore il se promena sur le pont, entendant toujours ce «Bonne nuit, monsieur Tartarin!» Mais le commodore avait raison, le soir fraîchissait rapidement, il prit le parti d'aller se coucher.

En passant devant le petit salon, il aperçut par la porte entrouverte Pascalon, assis à une table, la tête dans ses mains, très occupé à feuilleter un dictionnaire.

«Que faitesvous là, enfant?»

Le fidèle secrétaire lui apprit le scandale causé par son brusque départ, les chuchotements indignés autour de la table et surtout une certaine phrase mystérieuse du lieutenant Shipp, que le commodore avait fait répéter et dont ils s'étaient tous tant égayés.

«Quoique j'entende passablement l'anglais, je n'ai pas bien saisi ce que cela voulait dire, mais j'ai retenu les mots et je suis en train de reconstituer la phrase.»

Pendant ces explications Tartarin s'était couché, bien étendu dans son lit, bien à l'aise, la tête enveloppée de son foulard, un grand verre d'eau de fleur d'oranger, et il demanda, en allumant la pipe qu'il fumait tous les soirs avant de s'endormir:

«Êtesvous venu à bout de votre traduction?

Oui, mon bon maître, la voici: En somme, le type tarasconnais, c'est le Français grossi, exagéré, comme vu dans une boule de jardin.

Et vous dites qu'ils ont tant ri làdessus?

Tous, le lieutenant, le docteur, le commodore luimême, ils ne s'arrêtaient pas de rire.»

Tartarin haussa les épaules avec une moue de pitié.

«Il se connaît que ces Anglais n'ont pas souvent occasion de rire, pour s'amuser de bêtises pareilles! Allons, bonsoir, mon enfant, va te coucher.»

Et bientôt tous deux furent partis dans les rêves où l'un retrouvait sa Clorinde, l'autre la dame du commodore, car Likiriki était déjà bien loin.

Les jours suivaient les jours, se groupaient en semaines, et le voyage continuait, une traversée charmante, délicieuse, où Tartarin, qui aimait tant à inspirer la sympathie, l'admiration, les sentait autour de lui sous les formes les plus variées.

C'est lui qui aurait pu dire comme Victor Jacquemont[8] dans sa correspondance: «Que ma fortune est bizarre avec les Anglais! Ces hommes, qui paraissent si impassibles et qui entre eux demeurent toujours si froids, mon abandon les détend aussitôt. Ils deviennent caressants malgré eux et pour la première fois de leur vie, je fais des bonnes gens, je fais des Français de tous les Anglais avec lesquels je reste vingtquatre heures.»

Tout le monde, à bord, l'arrière comme l'avant du Tomahawk, officiers et matelots l'adoraient; il n'était plus question de prisonnier de guerre, de procès devant les tribunaux anglais; on devait le relâcher dès qu'on arriverait à Gibraltar.

Quant au farouche commodore, enchanté d'avoir trouvé un partenaire de la force de Pascalon, il le tenait le soir, pendant des heures, devant l'échiquier, ce qui désespérait l'infortuné soupirant de Clorinde et l'empêchait d'aller lui porter, à l'avant, des friandises de son dîner.

Car les pauvres Tarasconnais, eux, continuaient à mener leur triste vie d'émigrants, toujours parqués dans leur chiourme, et c'était la tristesse, le remords de Tartarin, lorsqu'il pérorait sur la dunette ou fusait sa cour, à l'heure mélancolique du couchant, de voir au loin, en contrebas, ses compatriotes entassés comme un vil bétail, sous la garde d'une sentinelle, détournant leurs regards de lui avec horreur, surtout depuis le jour où il avait tiré sur la Tarasque.

Ils ne lui pardonnaient pas ce crime, et lui non plus ne l'oubliait pas, ce coup de fusil qui devait lui porter malheur.

On avait passé le détroit de Malacca, la mer Rouge, doublé la pointe de Sicile; on approchait de Gibraltar.

Un matin, la terre étant signalée, Tartarin et Pascalon préparaient leurs malles, aidés par un des domestiques, quand tout à coup ils eurent la sensation de balancement que produit un navire à l'arrêt. Le Tomahawk stoppait; en même temps, on entendait s'approcher un bruit de rames.

«Regardez donc, Pascalon, dit Tartarin, c'est peutêtre le pilote...»

Le canot accostait en effet, mais ce n'était pas le pilote; il portait le pavillon français, des matelots français le montaient; et parmi eux deux hommes habillés de noir, en chapeaux hauts de forme. L'âme de Tartarin vibra.

«Ah! le drapeau français!... Laisse que je le regarde, mon enfant.»

Il s'élança vers le hublot, mais à ce moment la porte de la cabine s'ouvrit, laissant passer un grand flot de lumière; et deux agents de police en bourgeois, aux façons communes et brutales, munis de mandats d'arrêt, de permis d'extradition, tout le tremblement posèrent leurs pattes sur le malheureux État de choses et sur son secrétaire.

Le Gouverneur recula, blême et digne:

«Prenez garde à ce que vous faites, je suis Tartarin de Tarascon.

C'est vous que nous cherchons, justement.»

Et les voilà tous deux emballés, sans un mot d'explication ni de réponse à leurs questions multiples, sans savoir ce qu'ils avaient fait, pourquoi on les arrêtait, où on les conduisait. Rien que la honte de passer chargés de fers, car on leur avait mis les menottes, devant les matelots et les midships, sous les rires et les huées de leurs compatriotes, qui, penchés audessus du bordage, applaudissaient, criaient à toute gorge:

«C'est bien fait!... zou... zou...» pendant qu'on descendait les captifs dans le canot.

En ce moment Tartarin eût voulu s'engloutir au fond de la mer.

De prisonnier de guerre comme Napoléon et Thémistocle, passer à l'état de vulgaire filou!

Et la dame du commodore qui regardait!

Décidément, il avait raison, la Tarasque se vengeait, elle se vengeait cruellement.

5 juillet. Prison de Tarascon sur Rhône.

Je reviens de l'instruction, je sais enfin de quoi l'on nous accuse, le Gouverneur et moi, et pourquoi, brusquement saisis sur le Tomahawk, harponnés en plein bonheur, en plein rêve, comme deux langoustes tirées du fond de l'eau claire, nous fûmes transbordés sur un navire français, ramenés à Marseille, les menottes aux poings, dirigés sur Tarascon et mis au secret dans la prison de la ville.

Nous sommes prévenus d'escroquerie, d'homicide par imprudence et d'infraction aux lois sur l'émigration. Ah! pour sûr que j'ai dû l'enfreindre, la loi sur l'émigration, car c'est la première fois que j'entends son nom, seulement son nom, à cette coquine de loi.

Après deux jours d'incarcération, avec défense absolue de parler à quiconque c'est ça qui est terrible pour des Tarasconnais, nous fûmes conduits au palais pardevant le juge d'instruction, M. Bonaric.

Ce magistrat a commencé sa carrière à Tarascon, il y a une dizaine d'années, et me connaissait parfaitement, étant venu plus de cent fois à la pharmacie, où je lui préparais une pommade pour un eczéma chronique qu'il a dessus la joue.

Pas moins qu'il m'a demandé mes nom, prénoms, âge, profession, comme si nous ne nous étions jamais vus. J'ai dû dire tout ce que je savais de l'affaire de PortTarascon et parler deux heures durant sans m'arrêter. Son greffier ne pouvait pas me suivre, tant j'allais. Puis, ni bonjour ni bonsoir «Prévenu, vous pouvez vous retirer».

Dans le corridor du palais de justice, trouvé mon pauvre Gouverneur que je n'avais pas revu depuis le jour de notre incarcération. Il m'a paru bien changé.

Au passage, il me serra la main et me fit de sa bonne voix:

«Courage! enfant. La vérité est comme l'huile, elle remonte toujours dessus.»

Il n a pas pu m'en dire plus, les gendarmes l'entraînaient brutalement.

Des gendarmes, pour lui!... Tartarin dans les fers, à Tarascon!...
Et cette colère, cette haine de tout un peuple!...
Je les aurai toujours dans l'oreille ces cris de fureur de la populace, ce souffle chaud de rafataille, quand la voiture cellulaire nous a ramenés à la prison, cadenassés chacun dans notre compartiment.

Je ne pouvais rien voir, mais j'entendais autour de nous une grande rumeur de foule.

À un moment, la voiture s'est arrêtée sur la place du Marché; j'ai reconnu cela à l'odeur qui me venait par les fentes, dans les petites raies de lumière blonde, et c'était comme l'haleine même de la ville, cette odeur de pommes d'amour, d'aubergines, de melons de Cavaillon, et de poivrons rouges et de gros oignons doux. De sentir toutes ces bonnes choses dont je suis privé depuis si longtemps, cela m'agourmandait.

Il y avait tant de monde que nos chevaux ne pouvaient plus avancer. Un Tarascon plein, bondé, à croire que jamais personne n'a été tué, ni noyé, ni dévoré par les anthropophages. Ne m'at il pas semblé reconnaître la voix de Cambalalette, le cadastreur! C'est une illusion, certainement, puisque Bézuquet luimême en a mangé, de notre regretté Cambalalette. Par exemple, je suis sûr d'avoir entendu le gong d'Excourbaniès. Celuilà, il n'y a pas à s'y tromper, il dominait tous les autres cris «À l'eau!... Zou!... au Rhône! au Rhône. Fen dé brut! À l'eau Tartarin!»

À l'eau Tartarin!... Quelle leçon d'histoire! Quelle page pour le Mémorial! J'oubliais de dire que le juge Bonaric m'a rendu mon registre saisi à bord du Tomahawk. Il l'a trouvé intéressant, m'a même engagé à le continuer, et, à propos de certaines locutions tarasconnaises qui s'y glissent de temps en temps, il m'est venu comme ça en souriant dans ses favoris roux:

«Nous avions déjà le Mémorial; vous, c'est le Méridional de
SainteHélène.» J'ai fait semblant de rire de son jeu de mots.
Du 5 au 6 juillet. La prison de ville, à Tarascon, est un château historique, l'ancien château du roi René, qui se voit de loin au bord du Rhône, flanqué de ses quatre tours.

Nous n'avons pas de chance avec les châteaux historiques. Déjà, en
Suisse, quand notre illustre Tartarin fut pris pour un chef
nihiliste et nous tous avec lui, on nous jeta dans le cachot de
Bonnivar, au château de Chillon.
Ici, il est vrai, c'est moins triste; on est en pleine lumière, ventilé par le vent du Rhône, et il ne pleut pas comme en Suisse ou à PortTarascon.

Mon cachot est très étroit: quatre murs de pierre crépie, un lit de fer, une table et une chaise. Le soleil y entre par un fenestron grillagé, à pic sur le Rhône.

C'est de là que, pendant la grande Révolution, les Jacobins ont été précipités dans le fleuve, sur l'air fameux: Dé brin o dé bran, cabussaran...

Et, comme le répertoire populaire ne change pas beaucoup, on nous le chante à nous aussi, ce sinistre refrain. Je ne sais pas où ils ont logé mon pauvre gouverneur; mais il doit entendre comme moi ces voix qui montent, le soir, des bords du Rhône et il doit faire d'étranges réflexions.

Encore si l'on nous avait mis l'un près de l'autre!... quoique, à vrai dire, j'éprouve, depuis mon arrivée un certain soulagement à être seul, à me reprendre.

L'intimité d'un grand homme est si fatigante à la longue! Il vous parle toujours de lui et ne s'occupe jamais de ce qui vous intéresse. Ainsi, sur le Tomahawk, pas une minute à moi, pas un instant pour être auprès de ma Clorinde. Tant de fois je me disais «Elle est làbas!» Mais je ne pouvais m'échapper. Après dîner, j'avais déjà la partie d'échecs du commodore, puis le reste du jour Tartarin ne me lâchait plus, surtout depuis que je lui avais fait l'aveu du Mémorial.» Écrivez ceci... N'oubliez pas de dire cela...» Et des anecdotes sur lui, sur ses parents souvent, pas très intéressantes.

Songezvous que Las Cases a fait ce métier pendant des années! L'Empereur le réveillait à six heures du matin, l'emmenait, à pied, à cheval, en voiture, et sitôt en route:

«Vous y êtes, Las Cases?... Alors continuons... Quand j'eus signé le traité de CampoFormio...» Le pauvre confident avait ses affaires, lui aussi, son enfant malade, sa femme restée en France, mais qu'était cela pour l'autre qui ne songeait qu'à se raconter, à s'expliquer devant l'Europe, l'Univers, la Postérité, tous les jours, tous les soirs et pendant des années! C'estàdire que la vraie victime de SainteHélène n'a pas été Napoléon, mais Las Cases. Moi, maintenant, ce supplice m'est épargné. Dieu m'est témoin que je n'ai rien fait pour cela, mais on nous a mis à part et j'en profite pour penser à moi, à mon infortune, qui est grande, à ma Clorinde bienaimée. Me croitelle coupable?... Elle, non; mais sa famille, tous ces Espazettes de l'Escudelle de Lambesc?... Dans ce monde là, un homme sans titre est toujours coupable. En tous cas je n'ai plus d'espoir qu'on m'accueille jamais pour mari de Clorinde, déchu que je suis de mes grandeurs; j'irai reprendre mon emploi entre les bocaux de Bézuquet, à la pharmacie de la Placette... Et voilà la gloire!

17 juillet.  Une chose qui me fait inquiéter beaucoup, c'est que personne ne vienne me voir dans ma prison. Ils m'en veulent autant qu'à mon maître. Ma seule distraction, tout seulet dans ma cellule, est de monter sur la table; j'arrive ainsi au fenestron, et de là j'ai une vue merveilleuse entre les barreaux.

Le Rhône roule du soleil éparpillé parmi ses petites îles d'un vert pâle que le vent ébouriffe. Le ciel est tout rayé du vol noir des martinets; leurs petits cris se poursuivent, passant tout contre moi ou tombant de très haut, et tout en bas se balance le pont de fil de fer, si long, si mince, qu'on s'attend toujours à le voir partir, envolé un chapeau.

Sur les bords du fleuve, des ruines de vieux châteaux, celui de Beaucaire avec la ville à ses pieds, ceux de Courterolle, de Vacquerie. Derrière ces gros murs, éboulés par le temps, il se tenait autrefois des «cours d'amour», où les trouvères, les félibres d'alors, étaient aimés par des princesses et des reines qu'ils chantaient, comme Pascalon chante sa Clorinde. Mais quel changement, pécaïre! depuis ces époques lointaines. À présent les somptueux manoirs ne sont plus que des trous envahis de ronces; et les félibres ont beau célébrer grandes dames et damoiselles, les damoiselles se moquent joliment d'eux.

Une vue moins attristante est celle du canal de Beaucaire avec tous ses bateaux peints en vert, en jaune, serrés en tas, et sur les quais les taches rouges des militaires que je vois se promener du haut de mon fenestron. Ils doivent être bien contents, les gens de Beaucaire, de la mésaventure de Tarascon et de l'écroulement de notre grand homme; car la renommée de Tartarin les offusquait, ces orgueilleux voisins d'en face. Dans mon enfance, je me rappelle quels esbrouffes ils faisaient encore avec leur foire de Beaucaire. On y venait de partout, pas de Tarascon, par exemple, le pont en fil de fer est si dangereux! C'était une affluence énorme, plus de cinq cent mille âmes au moins, ensemble sur le champ de foire!...

D'année en année tout cela s'est vidé. La foire de Beaucaire existe toujours, mais personne n'y vient.

En ville on ne voit que des écriteaux: À louer..., À louer..., et s'il arrive par hasard un voyageur, un représentant de maison de commerce, l'habitant lui fait fête, on se l'arrache, le conseil municipal va audevant de lui, musique en tête. Finalement, Beaucaire a perdu tout renom; tandis que Tarascon devenait célèbre... Et grâce à qui, sinon à Tartarin?

Monté sur ma table, tout à l'heure, je regardais dehors en songeant à ces choses. Le soleil disparu, la nuit venait, et tout à coup, de l'autre côté du Rhône, un grand feu s'alluma sur la tour du château de Beaucaire.

Il brûla longtemps, longtemps je le regardai, et il me sembla qu'il avait quelque chose de mystérieux, ce feu, jetant un reflet rougeâtre sur le Rhône, dans le grand silence de la nuit traversé par le vol mou des orfraies. Qu'estce que cela peut être? Un signal?

Estce que quelqu'un, quelque admirateur de notre grand Tartarin, voudrait le faire évader?... C'est si extraordinaire, cette flamme allumée tout en haut d'une tour en ruines et juste en face de sa prison!

18 juillet. En revenant aujourd'hui de l'instruction, comme la voiture cellulaire passait devant SainteMarthe, entendu la voix, toujours impérieuse de la marquise des Espazettes qui criait avec l'accent d'ici:

«Cloréïnde!... Cloréïnde!» et une voix douce, angélique, la voix de ma bienaimée, qui répondait «Mamain!»

Sans doute elle allait à l'église prier pour moi, pour l'issue du procès.

Rentré dans ma prison, très ému... Écrit quelques vers provençaux sur Le soir, à la même heure, toujours le même feu sur la tour de Beaucaire. Il brille làbas, dans la nuit, comme les bûchers qu'on allume pour la SaintJean.

Évidemment, c'est un signal.

Tartarin, avec qui j'ai pu échanger deux mots à l'instruction dans le couloir du juge, a vu comme moi ces feux à travers les barreaux de sa geôle, et quand je lui ai dit ce que j'en pensais, que des amis voulaient peutêtre le faire évader comme Napoléon à Sainte Hélène, il a paru très frappé de ce rapprochement.

«Ah! vraiment, Napoléon à SainteHélène..., on a essayé de le sauver?»

Mais, après un moment de réflexion, il m'a déclaré qu'il n'y consentirait jamais.

«Certes, ce n'est pas la descente des trois cents pieds de la tour sur une échelle de corde, secouée la nuit par le vent du Rhône, qui me ferait peur. Non, ne croyez pas cela, enfant!... Ce que je redouterais le plus, c'est que j'aurais l'air de fuir l'accusation: Tartarin de Tarascon ne s'évadera pas.»

Ah! si tous ceux qui hurlent sur son passage: «Au Rhône! Zou! au Rhône!» avaient pu l'entendre!... Et on l'accuse d'escroquerie! On a pu le croire complice de ce misérable duc de Mons!... Allons donc!... Estce que c'est possible?...

Tout de même il ne le soutient plus, son duc, maintenant; il le juge à sa véritable valeur, ce scélérat de Belge! On le verra bien à sa belle défense, car Tartarin se défendra luimême devant le tribunal. Pour moi, je bégaye trop pour parler publiquement: je serai défendu par Cicéron Franquebalme, et tout le monde sait quelle incomparable logique de raisonnement il sait mettre dans ses plaidoyers.

20 juillet, soir. Ces heures que je passe chez le juge d'instruction sont bien douloureuses pour moi! Le difficile n'est pas de me défendre, mais de le faire sans trop accabler mon pauvre maître. Il a été si imprudent, il a eu tant de confiance en ce duc de Mons! Et puis, avec l'eczéma intermittent de M. Bonaric, on ne sait jamais si l'on doit craindre ou espérer; la maladie tourne chez ce magistrat à l'idée fixe, furieux quand «ça se voit», bon enfant quand «ça ne se voit pas».

Quelqu'un chez qui ça se voit, et ça se verra toujours, c'est le malheureux Bézuquet, qui vivait autrefois très bien avec son tatouage làbas, dans les mers lointaines, mais maintenant, sous le ciel tarasconnais, se dégoûte luimême, ne sort plus, reste terré tant qu'il peut au fond de son officine, où il combine des herbages, des omelettes, et sert les clients sous un masque de velours, comme un conjuré d'opéracomique.

Il est à remarquer combien les hommes sont sensibles à tous ces maux physiques, dartres, taches, eczémas; plus peutêtre que les femmes. De là sans doute la rancune de Bézuquet contre Tartarin, cause de tous ses maux.

24 juillet Appelé de nouveau hier devant M. Bonaric, je crois que c'est la dernière fois. Il m'a montré une bouteille trouvée dans les îles par un pêcheur du Rhône, et m'a fait lire une lettre que renfermait cette bouteille:

«Tartarin. Tarascon. Prison de ville. Courage! Un ami veille de l'autre côté du pont. Il passera quand le moment sera venu.

## «UNE VICTIME DU DUC DE MONS.»

Le juge m'a demandé si je me rappelais avoir déjà vu cette écriture. J'ai répondu que je ne la connaissais pas; et, comme il faut toujours dire le vrai, j'ai ajouté qu'une première fois on avait tenté ce genre de correspondance avec Tartarin: qu'avant notre départ de Tarascon une bouteille toute semblable lui était parvenue avec une lettre, sans qu'il y eût attaché d'importance, ne voyant là que l'effet d'une plaisanterie. Le juge m'a dit «C'est bien.» Et làdessus, comme toujours:

«Vous pouvez vous retirer.»

26 juillet. L'instruction est terminée, on annonce le procès comme très prochain. La ville est en ébullition. Les débats commenceront vers le 1er août. D'ici là, je ne vais pas dormir. Il y a longtemps d'ailleurs que je n'ai plus guère de sommeil, dans cette étroite logette brûlante comme un four. Je suis obligé de laisser le fenestron ouvert: il entre des nuées de moustiques et j'entends les rats qui grignotent dans tous les coins.

Ces jours derniers, j'ai eu plusieurs entrevues avec Cicéron
Franquebalme. Il m'a parlé de Tartarin avec beaucoup d'amertume;
je sens qu'il lui en veut de ne pas lui avoir confié sa cause.
Pauvre Tartarin, il n'a personne pour lui!
Il parait qu'on a renouvelé tout le tribunal. Franquebalme m'a donné les noms des juges: Président, Mouillard; assesseurs, Beckmann et Robert du Nord. Pas d'influences à faire agir. Ces messieurs ne sont pas d'ici, me diton. D'ailleurs leurs noms semblent l'indiquer.

Pour je ne sais quel motif, on a disjoint de la poursuite dirigée contre nous les deux chefs d'accusation relatifs au délit d'homicide par imprudence et à l'infraction des lois sur l'émigration. Cités à comparoir: Tartarin de Tarascon, le duc de Mons mais ça m'étonnerait bien qu'il comparoisse! et Pascal Testanière dit Pascalon.

31 juillet. Nuit de fièvre et d'angoisse. C'est pour demain. Resté au lit très tard.

Seulement la force d'écrire sur la muraille ce proverbe tarasconnais que j'ai entendu si souvent dire à Bravida, qui les savait tous:

Rester au lit sans dormir, Attendre sans voir venir, Aimer sans avoir plaisir, Sont trois choses qui font mourir

Un procès dans le Midi.  Dépositions contradictoires.  Tartarin jure devant Dieu et devant les hommes. Les brodeurs de Tarascon. Rugimabaud mangé par le requin. Un témoin inattendu.

Ah! boufre non, qu'ils n'étaient pas d'ici, les juges du pauvre Tartarin. Il n'y avait, pour s'en convaincre, qu'à les voir par cette flamboyante aprèsmidi d'août où se plaidait l'affaire du Gouverneur dans la grand'salle du palais de justice, pleine à faire craquer les murs.

Le mois d'août à Tarascon, je vous dirai, est le mois de la lourde chaleur. Il y fait chaud comme en Algérie, et les précautions contre l'ardeur du ciel sont les mêmes que dans nos villes d'Afrique: la retraite dans les rues avant midi, les casernes consignées, les auvents mis à toutes les boutiques. Mais le procès de Tartarin avait changé ces habitudes locales, et l'on imagine aisément la température que devait atteindre cette salle d'audience bondée de monde, avec les dames à falbalas et à panaches empilées sur les tribunes du fond.

Deux heures sonnaient au jaquemart du palais; et par les hautes fenêtres larges ouvertes, devant lesquelles descendaient de longs rideaux jaunes formant stores, entrait, avec les battements de la lumière réverbérée, le bruit assourdissant des cigales sur les alisiers et les platanes du Cours, gros arbres à feuilles blanches, à feuilles de poussière, les rumeurs de la foule restée dehors, les cris des marchands d'eau, comme aux arènes les jours de courses:

«Qui veut boire? L'eau est fraîche!...»

Vraiment il fallait être de Tarascon pour résister à la chaleur qu'il faisait làdedans, une de ces chaleurs où même un condamné à mort se serait endormi pendant le prononcé de sa sentence. Aussi les plus écrasés dans la salle étaientils les trois juges, tous étrangers à ce brûlant Midi. Le président Mouillard, un Lyonnais, comme un Suisse de France, l'air austère, tête longue, chenue et philosophique, donnant envie de pleurer rien qu'à le regarder, puis ses deux assesseurs, Beckmann qui arrivait de Lille, et Robert du Nord, d'encore bien plus haut.

Dès le commencement des débats, ces trois messieurs étaient tombés malgré eux dans une vague torpeur, les yeux fixés sur les grands carrés de lumière découpés derrière les rideaux jaunes, et pendant l'interminable appel des témoins, au nombre de deux cent cinquante au moins, et tous à charge, ils avaient fini par s'endormir tout à fait.

Les gendarmes, qui n'étaient pas du Midi davantage et à qui l'on avait eu la cruauté de laisser leurs lourdes buffleteries, dormaient aussi. Sans doute ce sont là de mauvaises conditions pour rendre la vraie justice. Heureusement que les magistrats avaient étudié l'affaire d'avance, sans cela ils n'y auraient jamais rien compris, n'entendant, dans leur inattentive somnolence, que le bruit des cigales et un confus bourdonnement de mouches et de voix.

Après le défilé des témoins, le substitut Bompard du Mazet commença la lecture de l'acte d'accusation.

Du plein Midi, celuilà, par exemple! un tout petit velu, chevelu, bedonnant, une barbe en copeaux noirs, des yeux sortis comme d'un coup de pouce et tout sanglants dans un teint de vésicatoire, une voix de cuivre qui vous crachait du métal dans les oreilles; et une mimique, et des bonds!... La gloire du parquet tarasconnais. On faisait des lieues pour l'entendre; mais, cette fois, ce qui pimentait son réquisitoire, c'était la parenté de l'orateur avec le fameux Bompard, une des premières victimes de l'affaire de PortTarascon.

Jamais accusateur ne se montra plus acharné, plus passionné moins juste, moins partial; c'est ce qu'on aime à Tarascon, tout ce qui vibre, tout ce qui vous monte!...

Comme il le secouait le pauvre Tartarin, assis avec son secrétaire entre deux gendarmes! Quelle loque, sous ses crocs baveux, devenait tout ce passé de gloire!

Pascalon, éperdu, honteux, se cachait la tête dans ses mains; mais Tartarin, lui, très calme, écoutait, le front droit, les yeux clairs, sentant sa journée finie, l'heure venue du grand déclin, sachant qu'il y a des lois naturelles de grandeur comme de pesanteur, et résigné à les subir toutes, pendant que Bompard du Mazet, de plus en plus insultant, le représentait comme un vulgaire escroc abusant d'une renommée illusoire, de lions peut être jamais tués, d'ascensions peutêtre jamais faites, s'associant à un aventurier, à un inconnu, à ce duc de Mons que la justice ne retrouvait même pas devant elle. Et il faisait Tartarin plus scélérat encore que ce duc de Mons, qui du moins n'exploitait pas ses compatriotes, tandis que lui avait spéculé sur les Tarasconnais, les avait volés, jugulés, réduits à aller aux portes, à fouiller les balayures pour y chercher leur pain.»

Qu'attendre, d'ailleurs, messieurs de la Cour, qu'attendre d'un homme qui a tiré sur la Tarasque, sur la mèregrand?...»

À cette péroraison, des sanglots patriotiques roulèrent dans les tribunes; des hurlements leur répondaient de la rue, où la voix du substitut était arrivée, fracassant portes et fenêtres; et lui même, bouleversé par ses propres accents, se mit à larmoyer, à gargouiller si fort que les juges se réveillèrent en sursaut. Croyant que toutes les gouttières et chêneux du palais crevaient sous une pluie d'orage.

Bompard du Mazet avait parlé pendant cinq heures.

À ce moment, bien que la chaleur tût encore écrasante, un petit vent frais du Rhône commençait à gonfler les rideaux jaunes des fenêtres. Le président Mouillard ne se rendormit plus; nouvellement installé dans le pays, la stupeur où le plongeait la fougue inventive des Tarasconnais suffit largement à le tenir éveillé.

Tartarin le premier donna le signal de cette naïve et délicieuse imposture qui est comme l'arôme, le bouquet de l'endroit.

À un passage de son interrogatoire, que nous croyons devoir raccourcir, il se leva brusquement et, la main tendue:

«Devant Dieu et devant les hommes, je jure que je n'ai pas écrit cette lettre.»

Il s'agissait d'une lettre envoyée par lui de Marseille à Pascalon, rédacteur de la Gazette, pour l'émoustiller, l'exciter à des inventions plus fertiles, plus abondantes.

Non, mille fois non, l'accusé n'avait pas écrit cela; il se débattait, protestait.

«Peutêtre, je ne dis pas, le sieur de Mons, non comparant...» Et comme il sifflait entre ses lèvres dédaigneuses ce «non comparant»!

Le président alors:

«Faites passer cette lettre à l'accusé.»

Tartarin la prit, la regarda et répondit très simplement:

«C'est vrai, c'est bien mon écriture. Cette lettre est de moi, je ne m'en rappelais pas.»

Il y avait de quoi faire pleurer des tigres!

Un moment après, le même épisode avec Pascalon, à propos d'un article de la Gazette racontant la réception à l'hôtel de ville de PortTarascon des passagers de la Farandole et du Lucifer par les indigènes, le roi Négonko et les premiers occupants de l'île, avec une description très détaillée de l'hôtel de ville.

La lecture de cet article soulevait à chaque mot dans la salle d'inextinguibles fous rires coupés de cris d'indignation; Pascalon luimême se révoltait, protestait de son banc, à tour de bras: ce n'était pas de lui, jamais de la vie il n'aurait pu signer de si énormes invraisemblances.

On lui mit sous les yeux l'article imprimé, illustré d'images faites sur ses indications, signé de son nom, de plus son propre texte retrouvé à l'imprimerie Trinquelague.

«C'est écrasant dit alors le malheureux Pascalon, les yeux en boule, ça m'était complètement sorti de la tête.»

Tartarin prit la défense de son secrétaire:

«La vérité, monsieur le président, c'est que, croyant aveuglément à toutes les histoires du sieur de Mons, non comparant...

Il a bon dos, le sieur de Mons, interrompit férocement le substitut.

Je donnais à ce malheureux enfant, continua Tartarin, l'idée de l'article à faire en lui disant «Brodez làdessus.» Et il brodait.

C'est vrai que je n'ai jamais fait que bro... broder...,» bégaya timidement Pascalon.

Ah! des brodeurs, il allait en voir, le président Mouillard, en interrogeant les témoins, tous de Tarascon, tous inventifs, démentant aujourd'hui ce qu'ils avaient affirmé la veille.

«Mais vous l'avez dit à l'instruction.

Moi, j'ai dit ça? ah! vrai... Je n'en ai pas ouvert la bouche.

Mais vous avez signé.

Signés?... Pas plus...

Voici votre signature.

C'est, pardi, vrai... Eh! bien, monsieur le président, personne de plus surpris que moi.»

Et pour tous c'était ainsi, aucun ne se rappelait. Les juges restaient effarés, hagards, devant ces contradictions, ces apparences de mauvaise foi, ne sachant pas, ces froids hommes du Nord, faire la part de l'invention et de la fantaisie des pays de lumière.

Un des plus extraordinaires fut Costecalde. Racontant qu'il avait été chassé de l'île, forcé d'abandonner sa femme et ses enfants par les exactions de Tartarin le tyran. Il fallait entendre le drame de la chaloupe, les morts effrayantes et successives de ses malheureux compagnons; Rugimabaud, qui nageait près de la barque pour se donner un peu de fraîcheur au corps, brusquement entraîné par un requin, coupé en deux.

«Ah! le sourire de mon ami... je le vois encore; il me tendait les bras, j'allais à lui, tout à coup sa figure se crispe, il disparaît, et plus rien... rien qu'un rond de sang qui s'élargissait sur l'eau.» Et il faisait un grand rond devant lui avec sa main crispée, tandis que de ses yeux tombaient des larmes grosses comme des pois chiches.

En entendant le nom de Rugimabaud, les deux juges Beckmann et Robert du Nord, depuis un moment réveillés, se penchèrent vers le président, et dans l'unanime explosion de sanglots causée par le récit de Costecalde on voyait les trois toques noires dodelinant de l'une à l'autre. Puis le président Mouillard s'adressa au témoin:

«Vous dites que Rugimabaud a été mangé sous vos yeux par un requin? Mais le tribunal vient d'entendre comme cité à charge un certain Rugimabaud débarqué de ce matin...; ne seraitce pas le même que celui de la chaloupe?...

Mais si, parfaitement..., c'est moi, je suis le même...,» clama l'ancien sousdirecteur aux cultures.

«Tiens, Rugimabaud est ici, fit Costecalde pas plus troublé. Je ne l'avais pas vu, c'est la première nouvelle.»

Une toque noire observa:

«Il n'aurait donc pas été mangé comme vous venez de le dire?

C'est que j'aurai confondu avec Truphénus...

Boufre! Mais je suis là, moi aussi, je n'ai pas été mangé...,» protesta la voix de Truphénus.

Et Costecalde, qui commençait à s'impatienter:

«Enfin, que ce soit l'un ou l'autre, je sais toujours qu'il y en a eu un de dévoré par un requin, j'ai vu le rond.»

Làdessus, il continua sa déposition, comme si rien ne s'était passé.

Avant qu'il quittât la barre, le président voulut savoir à combien se montait, selon lui, le nombre des victimes. Le témoin répondit:

«Crante mille au moins», ce qui est la façon, làbas, de prononcer quarante mille.

Or, comme les registres de la colonie constataient qu'il n'y avait jamais eu plus de quatre cents habitants dans l'île, on se figure l'effarement du président Mouillard et de ses juges. Ils en suaient à pleins seaux, les malheureux, n'ayant jamais ouï débats pareils, dépositions aussi extravagantes. Ce n'était sur ce banc des témoins que démentis farouches, brusques interruptions; des gens qui bondissaient, s'arrachaient les mots de la bouche, à croire que la bouche allait venir avec; et des grincements de dents, et des rires démoniaques! Un procès fantastique, tragi comique, où il n'était question que de Tarasconnais mangés, noyés, cuits, rôtis, bouillis, dévorés, tatoués, hachés en petits morceaux, se retrouvant là tous sur le même banc, bien portants, leurs membres au complet, sans une dent de moins, pas même une éraflure.

Les deux ou trois qui manquaient encore à l'appel, on les attendait d'une minute à l'autre, ils devaient avoir eu la même veine que leurs compagnons, et c'est pour cela que le juge d'instruction Bonaric, plus au fait des moeurs de ses compatriotes, avait engagé le président à laisser de côté la question d'homicide par imprudence.

Cependant le défilé des témoins continuait, de plus en plus bruyant et cocasse.

Dans la salle, le public prenait parti, conspuait, applaudissait, riant sans peur ni vergogne au nez du président, qui menaçait à chaque instant de faire évacuer le prétoire, mais, tout ahuri lui même par tant de vacarme et d'incohérence, ne faisait rien évacuer du tout et, les coudes sur la table, prenait à deux mains sa tête près d'éclater.

Dans une embellie relative, Robert du Nord, un grand vieux mince, aux lèvres ironiques entre deux longues floches de favoris blancs, dit en se renversant, la toque sur l'oreille:

«En somme, dans tout cela, je ne vois guère que la Tarasque qui ne soit pas revenue»

Le substitut Bompard du Mazet se dressa brusquement, sorti de sa boite comme un diable:

«Et mon oncle?...

Et Bompard?» fit la salle en écho.

Le substitut continua de sa voix d'ophicléide:

«Je ferai remarquer au tribunal que mon oncle Bompard a été une des premières victimes. Si j'ai eu la discrétion de ne pas parler de lui dans mon réquisitoire, il n'en est pas moins vrai que celuilà du moins n'est pas revenu, qu'il ne reviendra jamais...

Pardon, monsieur le substitut, interrompit le président, mais voici justement un M. Bompard qui me fait passer sa carte et demande à être entendu... Estce le vôtre?»

C'était le sien, Bompard (Gonzague).

Ce nom, si connu de tous les Tarasconnais, souleva un immense tumulte. Public, témoins, accusés, tout le monde était debout, montait sur les bancs, se penchait, criait, cherchait à voir, haletant d'impatience et de curiosité. Devant cette agitation, le président Mouillard ordonna une suspension d'audience de quelques minutes, dont on profita pour emporter une douzaine de gendarmes évanouis, demimorts de chaleur et d'ahurissement.

Bompard a passé le pont. Histoire d'une lettre à huit cachets rouges. Bompard en appelle à tout Tarascon, qui ne répond pas. «Mais lisezla donc, cette lettre, coquin de sort!» Menteurs du Nord et menteurs du Midi.

«C'est lui, c'est Gonzague!... Vé! Vé!

Comme il a forci!

Qu'il est blafard!

Il semble un Teur (Turc).»

Depuis si longtemps qu'ils ne l'avaient vu, nos Tarasconnais le reconnaissaient à peine, ce brave Bompard si maigre autrefois avec sa tête de Palikare moustachu, ses yeux de chèvre folle; gras maintenant, boudenfle, comme ils disent, mais la même moustache, les mêmes yeux délirants dans sa face élargie et bouffie.

Sans regarder ni à droite ni à gauche, il s'avança derrière l'huissier jusqu'à la barre.

Demande:

«C'est bien vous Gonzague Bompard?

À dire le vrai, monsieur le président, j'en doute presque quand je vois geste emphatique de Bompard vers le banc des accusés quand je vois, disje, sur ce banc d'infamie notre gloire la plus pure, quand j'entends conspuer dans cette enceinte l'honneur et la probité mêmes...

Merci, Gonzague,» fit de sa place Tartarin étranglé d'émotion.

Il avait supporté sans broncher toutes les injures, mais la sympathie de son vieux camarade lui crevait le coeur, lui faisait monter les larmes comme à un enfant sur lequel on s'apitoie. Bompard reprit:

«Va, mon vaillant concitoyen, tu n'y moisiras pas sur ton sale blanc, et j'apporte ici la preuve..., la preuve...»

Il cherchait dans ses poches, tirait une pipe de Marseille, un couteau, un vieux silex, un briquet, un peloton de ficelle, un mètre, un baromètre, une boîte homéopathique, et posait ces objets l'un après l'autre sur la table du greffier.

«Voyons, témoin Bompard, quand vous aurez fini!» dit le président impatienté.

Et le substitut Bompard du Mazet:

«Allons, mon oncle, dépêchonsnous.»

L'oncle se retourna vers lui:

«Ah! oui, je t'engage, toi, après tout ce que tu t'es permis de dire à notre pauvre ami!... Attends un peu que je te déshérite! Scélérat!»

Le neveu resta froid sous cette menace, et l'oncle, toujours en quête dans ses poches, étalant devant lui toute une collection d'objets fantastiques, trouva à la fin ce qu'il cherchait une grande enveloppe scellée de cinq cachets rouges.

«Monsieur le président, voici un document duquel il appert que le duc de Mons est le dernier des drôles, des galériens, des...» Les gros mots allaient venir. Le président l'interrompit:

«C'est bon, donnez le document.»

Il ouvrit la lettre mystérieuse et, après l'avoir lue, la communiqua à ses deux assesseurs, qui mirent leur nez dessus, l'épluchèrent soigneusement, sans rien laisser voir de leurs impressions. De vrais juges du Nord, pardi! fermés, cadenassés.

Qu'y avaitil dans cette coquine de lettre? Avec ces typeslà, il était difficile de s'en faire une idée.

Les assistants se haussaient, se penchaient, regardant de loin, les mains en abatjour; on s'interrogeait jusqu'au fond des tribunes:

«Qu'es aco? qu'estce que, diable, ça peut être?»

Et comme tous les incidents de l'audience gagnaient le dehors, grâce aux fenêtres et aux portes restées ouvertes, une grande rumeur montait sur le cours, des clameurs confuses, le frémissement d'une houle de mer lorsqu'il se lève jolie brise.

Pour le coup, les gendarmes ne dormaient plus, les mouches en grappes au plafond se réveillaient, elles aussi, et la fraîcheur du soir pénétrant dans la salle, avec l'épouvante des courants d'air particulière aux Tarasconnais, ceux qui étaient près des fenêtres demandaient à grands cris qu'on fermât, «qu'il y avait de quoi prendre le mal de la mort».

Pour la centième fois le président Mouillard glapit:

«Un peu de silence, ou je fais évacuer», et l'interrogatoire continua:

«D. Témoin Bompard, comment cette lettre estelle venue entre vos mains et à quel moment?

R. Au départ de la Farandole, à Marseille, le duc, ou soidisant duc de Mons, me remit donc mes pouvoirs de gouverneur provisoire de PortTarascon, et en même temps il me glissa ce pli, fermé de cinq cachets rouges bien qu'il n'y eût pas d'argent dedans. J'y trouverais, disaitil, ses dernières instructions, et il me recommandait bien de ne l'ouvrir que devant une quelconque des îles de l'Amirauté par je ne sais quel degré de latitude et de longitude. Du reste c'est marqué sur l'enveloppe, vous pouvez voir...

D. Oui, oui, je vois,... Et alors?

R. Alors, monsieur le président, voilà que je fus pris de cette maladie subite, qu'on a dû vous dire, et même contagieuse et cangreneuse et tout, et qu'on fut obligé de me descendre agonisant au Château d'If. Une fois à terre, je me tordais de douleur, toujours la lettre dans ma poche, car j'avais oublié, au milieu de mes souffrances, de la donner à Bézuquet en lui repassant les pouvoirs.

D. Un oubli regrettable... Et ensuite?

R. Ensuite, monsieur le président, quand je fus un peu mieux, que je pus me lever et reprendre mes habillements, pas encore bien solide ah! si vous aviez vu ce que je semblais!... un jour j'envoyai la main à la poche, par hasard... Té! la lettre aux cachets rouges...» Le président, d'un ton sévère:

«Témoin Bompard, ne seraitil pas plus conforme à la vérité de dire que cette lettre. Destinée à n'être décachetée qu'à quatre mille lieues de France, vous avez préféré l'ouvrir tout de suite et en plein port de Marseille pour savoir ce qu'il y avait dedans, et qu'en lisant son contenu vous avez reculé devant les responsabilités énormes qui vous incombaient?

Vous ne connaissez pas Bompard, monsieur le président. J'en appelle à Tarascon tout entier, ici présent.»

Un silence de tombe accueillit cet effet oratoire. Surnommé «l'Imposteur» par ses concitoyens, qui ne sont pourtant pas très scrupuleux en fait de véracité, Bompard montrait vraiment un fier toupet de les appeler en témoignage; aussi, Tarascon interrogé ne répondit rien. Lui, sans s'émouvoir:

«Vous voyez, monsieur le juge..., qui ne dit mot consent...» Et, reprenant son récit:

«Pour lors, quand je retrouvai la lettre, Bézuquet, parti depuis des semaines, était trop loin pour que je la lui passe; je me décidai donc à en prendre connaissance, et vous pensez mon horrible situation» Très horrible aussi était la situation de l'auditoire, qui ne savait toujours pas ce que contenait cette lettre restée sur le bureau du tribunal et dont on parlait tout le temps.

Et chacun de tendre le cou; mais, de si loin, on ne pouvait rien voir que les grands cachets rouges, hypnotisants, de l'enveloppe, qui, de minute en minute, semblait grandir, devenait énorme. Bompard continua:

«Que faire, je vous demande, après avoir pris communication de ces horreurs?

«Rattraper la Farandole à la nage? J'y ai songé un moment, puis j'ai douté de mes forces. Empêcher le Tutupanpan de partir en révélant à mes compatriotes ce pli abominable; doucher leur enthousiasme de ce grand jet d'eau froide? Mais je me fusse fait lapider. Enfin, que voulezvous, je me suis donné peur... Je n'ai pas même osé me montrer à Tarascon dans mon embarras de savoir que dire. C'est alors que je vins me cacher en face, à Beaucaire, d'où je pouvais tout voir sans être vu. J'y cumulais deux positions celle de gardien du champ de foire et de conservateur du château. J'avais des loisirs, vous pensez. Du haut de la vieille tour, avec une bonne lunette, je regardais de l'autre côté du Rhône l'agitation de mes concitoyens qui se préparaient au départ. Et je me rongeais, je me désolais... Je leur tendais les bras; je leur criais de loin comme s'ils avaient pu m'entendre: «Arrêtez!..., Ne partez pas!...» J'ai même essayé de les prévenir par bouteille... Ditesle, Tartarin, dites à ces messieurs que j'essayai de vous prévenir.

Je l'atteste, fit Tartarin du banc d'infamie.

Ah! ce que j'ai souffert, monsieur le président, quand j'ai vu le Tutupanpan partir pour le pays des chimères!... Mais j'ai souffert bien plus encore quand ils sont revenus, quand j'ai su qu'en face de moi gémissait dans les fers, sur la paille comme un tas de sorbes, mon illustre compatriote Tartarin. Le savoir dans cette tour faussement accusé!...

«Différemment vous me direz que j'aurais dû faire plus tôt la preuve de son innocence; mais quand on s'est enfoncé dans une mauvaise route, c'est le diable pour se remettre en bon chemin. J'avais commencé par ne rien dire, c'était de plus en plus difficile de parler, sans compter la peur du pont, ce terrible pont qu'il fallait passer.

«Pas moins que je l'ai passé, ce pont du diable, je l'ai traversé ce matin par une bourrasque épouvantable, obligé de marcher à quatre pattes, comme à on ascension du mont Blanc. Vous vous rappelez, Tartarin?

Si je me rappelle répondit Tartarin tristement, avec le regret des heures glorieuses.

Ce qu'il tanguait, ce pont! ce qu'il m'a fallu d'héroïsme!... Mais je n'aime pas me vanter. Finalement me voilà, et cette fois je rapporte, la preuve, la preuve irréfutable...

Irréfutable, croyezvous? fit Mouillard de sa voix tranquille. Qui nous garantit que cette étrange lettre, oubliée si longtemps dans votre poche, soit bien du duc de Mons ou soidisant tel? C'est que vous me paraissez sujets et à caution, vous autres Tarasconnais! Tout ce que j'entends de menteries depuis sept heures...»

Un sourd grognement de fauves en cage roula dans la salle, dans les tribunes jusque sur le TourdeVille.

Tarascon n'était pas content et protestait. Gonzague Bompard, lui, se contenta de sourire ineffablement.

«En ce qui me concerne, monsieur le président, vous dire que je n'exagère pas toujours un peu lorsque je parle, qu'on pourrait faire de moi le directeur du bureau Veritas, je n'irai pas jusquelà; mais, tenez, adressezvous à celuici il désignait Tartarin; comme véracité, c'est encore ce que nous avons de mieux à Tarascon.»

Il ne fallut pas longtemps à Tartarin pour reconnaître l'écriture et la signature du sieur de Mons, écriture et signature malheureusement trop pratiquées de lui; puis, tout debout, tourné vers le tribunal, brandissant d'une main rageuse le terrible mystère aux cinq cachets rouges:

«À mon tour, monsieur le président, armé de cette élucubration cynique, je vous adjure de reconnaître que tous les imposteurs ne sont pas du Midi. Ah! vous nous appelez menteurs, nous autres de Tarascon. Mais nous ne sommes que des gens d'imagination et de paroles débordantes, des trouveurs, des brodeurs, des improvisateurs féconds, ivres de sève et de lumière, qui se laissent prendre euxmêmes à leurs inventions stupéfiantes et ingénues. Quelle différence avec vos menteurs du Nord, sans joie ni spontanéité, qui ont toujours un but, une visée scélérate, comme le signataire de cette lettre! Oui, certes, on peut le dire, en fait de mensonge, quand le Nord s'en mêle, le Midi ne peut pas lui tenir pied!...»

Parti sur ce thème, devant un public tarasconnais, Tartarin aurait dû enlever la salle. Mais c'était fini du pauvre grand homme et de sa popularité. Personne ne l'écoutait plus. On n'en avait qu'à cette mystérieuse missive qu'il agitait au bout de son bras.

L'infortuné voulait parler encore, on ne le lui permit pas. De tous côtés des cris partaient:

«La lettre!..., la lettre!...

Enlevezle, zou!

Qu'il lise la lettre!»

Cédant luimême à la volonté de la foule, le président Mouillard prononça:

«Greffier, donnez lecture de la pièce.»

Un immense «Ah» de soulagement; et, dans le silence qui suivit, rien que le bourdonnement des mouches d'août et le cracra des cigales qui rythmait le battement des poitrines haletantes.

Le greffier commença en nasillant:

«À monsieur Gonzague Bompard, Gouverneur provisoire de la colonie de PortTarascon, pour être ouvert par 144° 30' longitude Est, en face les îles de l'Amirauté.

Mon cher monsieur Bompard, Il n'est si bonne plaisanterie qui ne doive prendre fin.

Virez de bord tout de suite et rentrez tranquillement chez vous avec vos Tarasconnais.

Il n'y a pas d'île, pas de traité, pas de PortTarascon, ni d'ares, ni d'hectares, ni de distilleries, ni de sucreries, ni de rien du tout... Seulement une excellente opération financière qu m'a valu quelques millions, à cette heure soigneusement mis à l'abri ainsi que mon auguste personne.

En définitive, une jolie tarasconnade que vos compatriotes et leur illustre chef Tartarin voudront bien me pardonner puisqu'elle les a distraits, occupés, et leur a rendu le goût de leur délicieuse petite ville, qu'ils avaient perdu.

DUC DE MONS. Pas plus duc qu'il n'est de Mons. À peine des environs.

Cette fois, le président eut beau menacer de faire évacuer la salle, rien ne put contenir les hurlements, les rugissements, qui éclatèrent, gagnèrent la rue, le cours, l'esplanade, remplirent toute la ville. Ah! le Belge, le sale Belge, si on l'avait tenu, comme on le lui aurait fait, le coup du fenestron, la tête la première dans le Rhône!

Hommes, femmes, enfants, tous s'en mêlaient, et c'est au milieu de ce charivari épouvantable que le président Mouillard prononça l'acquittement de Tartarin et de Pascalon, au grand désespoir de Cicéron Franquebalme, obligé de rentrer, d'avaler son discours, ses verum enim vero, ses parce que du parce qu'estce, tout le ciment romain de son plaidoyer monumental. L'audience se vidait, le public se répandait par les rues, sur le TourdeVille, places et placettes, continuant de vomir sa colère en vociférations:

«Belge!... sale Belge!... Menteur du Nord!... Menteur du Nord!»

8 octobre. En même temps que ma position à la pharmacie Bézuquet, j'ai reconquis l'estime de mes concitoyens et retrouvé l'existence tranquille d'autrefois, sur la Placette, entre les deux bocaux jaune et vert de la devanture, avec cette différence que Bézuquet se tient maintenant au fond de la boutique, comme si c'était lui l'élève, et fait aller le pilon dans le morceau de marbre, broyant ses drogues avec une colère! De temps en temps il s'interrompt pour tirer une petite glace de sa poche et regarder son tatouage.

Malheureux Ferdinand! ni pommades ni cataplasmes, rien n'y fait, pas même la petite «soupe à l'ail» conseillée par le docteur Tournatoire. Il en a pour la vie, de ces infernales enluminures.

Moi, cependant, je paquète, j'étiquète, je débite l'aloès et l'»épicacoine», je fais la causette avec le client, je m'amuse de tout ce qui se raconte en ville. Les jours de marché il nous vient beaucoup de monde le mardi et le vendredi, la pharmacie ne désemplit pas. Depuis que les vignes vont mieux, nos paysans se sont remis à se droguer, à se poutringuer. Ils adorent cela, dans la banlieue de Tarascon; pour eux, se purger c'est une fête. Le reste de la semaine, on est au calme, la sonnette de la boutique tinte rarement. Je passe mon temps à regarder les inscriptions des grands flacons de verre et de faïence blanche, rangés sur les étagères: sirupus gummi, assa foetida, et le inscrit en grec audessus du comptoir entre deux serpents.

Après tant d'agitations, tant d'aventures, ce grand repos de ma vie ne me déplait pas.

Je prépare un volume de vers provençaux, Li Gingourlo (Les Jujubes). Dans le Nord on ne connaît les jujubes que comme produit pharmaceutique; ici ces fruits du jujubier sont de petites olives rouges, croquantes et charmantes, sur un arbre au feuillage clair. Je réunirai dans ce volume mes paysages, mes vers d'amour...

Pécaïre! je la vois quelquefois passer, ma Clorinde, longue et souple, sautillant sur les cailloux pointus de la Placette, ce qu'elle appelait làbas «son pas du kanguroo»; elle va à la seconde messe, son livre d'heures à la main suivie de la femme Alric, qui échelait toujours les toits et qui depuis le retour à Tarascon est passée du service de Mlle Tournatoire à celui de ces dames des Espazettes. Pas une fois Clorinde ne regarde vers la pharmacie. Rentré chez Bézuquet, je n'existe plus pour elle.

La ville a repris son aspect tranquille, réinstallé. On se promène sur le cours, sur l'esplanade; le soir on va au cercle, à la comédie. Tout le monde est revenu, à l'exception du Père Bataillet, resté aux Philippines, pour y fonder une nouvelle communauté de PèresBlancs. Ici le couvent de Pampérigouste s'est rouvert un tout petit peu, le Révérend Père Vézole (Dieu soit loué!) y est rentré avec quelques autres révérends, et les cloches ont recommencé de sonner tout doucement, une par une; nous n'en sommes pas encore au plein carillon, mais on le devine tout proche.

Qui se douterait que tant d'événements se sont passés! Comme tout cela est déjà loin, et que la race tarasconnaise est facilement oublieuse! Il n'y a qu'à voir nos chasseurs, le marquis des Espazettes en tête, partir tout flambants neufs le dimanche matin, avec la même ardeur, à l'espère d'un gibier qui n'existe pas.

Moi, le dimanche, après déjeuner, je vais rendre mes devoirs à Tartarin. Voilà bien, en haut du cours, la maison aux persiennes vertes, les boites des petits décrotteurs devant la grille; mais tout est fermé, tout est silencieux, je pousse la porte... je trouve le héros dans son jardin, tournant, les mains derrière le dos, autour du bassin aux poissons rouges, ou dans son cabinet au milieu des kriss et des flèches empoisonnées. Il ne les regarde seulement plus, ses chères collections. Le cadre est toujours le même, mais que l'homme a changé! Ils ont eu beau l'acquitter, le grand homme se sent déchu, déboulonné, il a perdu son socle, et c'est ce qui le rend triste.

Nous causons. Le docteur Tournatoire vient quelquefois; il apporte sa bonne humeur et ses plaisanteries à la Purgon dans ce logis mélancolique. Franquebalme vient aussi le dimanche. Tartarin lui a confié la défense de ses intérêts. Un procès à Toulon avec le capitaine Scrapouchinat, qui réclame ses frais de rapatriement; un autre procès avec la veuve Bravida, qui se porte partie civile pour ses enfants mineurs, Si mon pauvre cher maître perdait ces deux affaires, comment s'en tireraitil? Il a déjà tant dépensé dans cette lamentable aventure de PortTarascon.

Que ne suisje riche!... Malheureusement ce n'est pas ce que je gagne chez Bézuquet qui me permettra de lui venir en aide.

10 octobre. Les Jujubes paraîtront en Avignon chez le libraire Roumanille; je suis bien heureux. Une autre bonne fortune: on organise une grande cavalcade en l'honneur de la SainteMarthe, qui vient le 19 du courant, et en l'honneur aussi de la rentrée des Tarasconnais sur la terre de France. Dourladoure et moi, du félibrige tous les deux, devons représenter la Poésie provençale sur un char allégorique.

20 octobre... Hier dimanche la cavalcade a eu lieu. Long défilé de chars, cavaliers en costumes historiques tendant au bout de longues gaules des aumônières pour quêter. Un grand concours de foule, du monde à toutes les fenêtres; mais, malgré tout, l'entrain, la gaieté, n'étaient pas de la fête. L'ingéniosité des organisateurs n'a pu suppléer à l'absence de notre mèregrand; on sentait un trou, un vide, le char de la Tarasque manquait. De sourdes rancunes se réveillaient, au souvenir du malencontreux coup de fusil tiré sur elle, làbas, dans le Pacifique; des grognements se sont fait entendre dans le cortège en passant devant la maison de Tartarin. Comme la bande à Costecalde essayait d'exciter la foule par quelques cris, le marquis des Espazettes, en costume de Templier, s'est retourné sur son cheval «Paix là! messieurs...» Il avait vraiment grand air, et tout de suite le désordre s'est arrêté.

La tramontane, un vent de neige, soufflait. Dourladoure et moi nous la sentions cruellement, sous nos pourpoints Charles VI prêtés par la troupe d'opéra de passage à Tarascon en ce moment; assis chacun en haut d'une tour, car notre char, traîné par six boeufs blancs, représentait le château du roi René en bois et carton peints, cette coquine de bise nous transperçait, et les vers que nous récitions, nos grands luths à la main, grelottaient autant que nous. Dourladoure me disait: «Outre! C'est qu'on gèle!» Et pas moyen de descendre, les échelles qui avaient servi à nous jucher làhaut ayant été retirées.

Sur le TourdeVille le supplice devint intolérable... Et, pour nous achever, j'eus l'idée vanité de l'amour! de prendre par la traverse pour passer devant la maison du marquis des Espazettes.

Nous voilà engagés dans ces rues très étroites, tout juste la place pour les roues du char. L'hôtel du marquis était fermé, sombre et muet dans ses vieilles murailles de pierre noire, toutes les persiennes closes pour bien indiquer que la noblesse boudait les plaisirs de la rafataille. Je dis quelques vers, tirés des Jujubes, de ma voix tremblante, en tendant mon filet de quête, mais rien ne bougea, personne ne parut. Alors je donnai l'ordre au conducteur d'avancer. Impossible, le char était pris, encanché des deux côtés. On avait beau tirer devant, tirer derrière, il se trouvait pressé entre les hautes murailles, et par les persiennes fermées nous entendions tout près de nous à notre hauteur, des rires étouffés pendant que nous restions ridiculement perchés, transis de froid, sur nos tourelles de carton.

Décidément il ne m'a pas porté bonheur, le château du roi René! Il a fallu dételer les boeufs, aller chercher des échelles pour nous descendre, et tout cela a pris du temps!...

23 octobre. Qu'estce que c'est donc que ce mal de gloire? On ne peut plus vivre sans elle, quand une fois ou l'a connue.

J'étais chez Tartarin dimanche; nous causions dans le jardin, marchant le long des allées sablées. Pardessus le mur, les arbres du cours nous envoyaient des paquets de feuilles mortes, et comme je voyais de la mélancolie dans ses yeux, je lui rappelais les heures triomphantes de sa vie.

Rien ne pouvait le distraire, pas même les analogies entre son existence et celle de Napoléon.

«Ah! vaï, Napoléon!... la bonne blague!., le soleil des tropiques m'avait tapé sur la coloquinte. Ne me parlez plus de cela, je vous en prie, vous me ferez plaisir.»

Je le regardais stupéfait.

«Pas moins, la dame du commodore...

Laissemoi donc tranquille! Elle s'est moquée de moi tout le temps, la dame du commodore!»

Nous avons fait quelques pas en silence.

Les cris des petits décrotteurs qui jouaient au bouchon devant la porte venaient jusqu'à nous dans les coups de vent emportant les feuilles par tourbillons.

Il m'a dit encore:

«J'y vois clair, maintenant. Les Tarasconnais m'ont ouvert les yeux; c'est comme si l'on m'avait opéré de la cataracte.»

Il m'a paru extraordinaire.

À la porte, tout à coup, en me serrant la main:

«Tu sais, petit, on va vendre chez moi. J'ai perdu mon procès contre Scrapouchinat, contre la veuve Bravida aussi, malgré les arguments de Franquebalme... Il bâtit trop solide, ce garçonlà; son aqueduc romain lui est tombé dessus et nous avons été écrasés sous le poids.»

Timidement, j'osai lui offrir mes petites économies, je les aurais données de grand coeur, mais Tartarin a refusé.

«Merci, mon enfant, je pense que les armes, les curiosités, les plantes rares, feront assez d'argent. Si ça ne suffit pas, je vendrai la maison. Après, je verrai. Adieu, petit... Tout ça n'est rien.»

Quelle philosophie!...

31 octobre. Aujourd'hui j'ai eu une grande peine. Je servais à la pharmacie la femme Truphénus pour son enfant qui se plaint de lancées dans la tête, quand un grincement de roues sur la Placette m'a fait lever les yeux. J'avais reconnu les ressorts du grand carrosse de la douairière d'Aigueboulide. La vieille était dedans, sa perruche empaillée à côté d'elle, en face ma Clorinde avec une autre personne que je ne voyais pas bien, car le jour me venait contre, seulement un uniforme bleu, un képi brodé.» Qui donc est avec ces dames?

Mais le petitfils de la douairière, le vicomte Charlexis d'Aigueboulide, qui est officier de chasseurs. Vous ne savez donc pas que Mlle Clorinde et lui doivent s'épouser le mois qui vient?»

Ça m'a donné un coup! Je devais sembler la mort.

Et moi qui gardais encore un espoir.

«Oh! tout à fait un mariage d'inclination, continuait ce bourreau de femme Truphénus... Mais vous savez ce que nous disons?...

«Qui se marie par amour, bonne nuit et mauvais jours.»

J'aurais bien voulu me marier ainsi, pécaïré!

5 novembre. On a vendu hier chez Tartarin. Je n'y étais pas, mais Franquebalme, venu le soir à la pharmacie, m'a raconté la scène.

Il paraît que c'était navrant. La vente n'a rien fait. On vendait devant la porte, selon l'habitude de chez nous. Rien, pas un sou, et pourtant il était venu beaucoup de monde. Ces armes de tous les pays, flèches empoisonnées, sagaies, yatagans, revolvers, winchester à trentedeux coups, rien de rien. Rien, les magnifiques peaux de lions de l'Atlas, rien l'alpenstok, son glorieux bâton de la Jungfrau, toutes ces richesses, ces curiosités, vrai musée de notre ville, vendues à des prix dérisoires... La foi perdue!

Et ce baobab dans son petit pot, qui, pendant trente ans, a fait l'admiration de la contrée! Quand on l'a mis sur la table, quand le crieur a annoncé «arbos gigentea, des villages entiers peuvent tenir sous son ombrage...» Il paraît qu'il y a eu un fou rire. De chez lui Tartarin les entendait, ces rires, en tournant dans son petit jardin avec deux amis. Il leur a dit sans amertume:

«Opérés de la cataracte, eux aussi, mes bons Tarasconnais. Ils y voient, maintenant; mais ils sont cruels.»

Le plus triste, c'est que la vente n'ayant pas produit assez, il a dû céder la maison aux des Espazettes, qui la destinent au jeune ménage. Et lui, le pauvre grand homme, ou iratil? Passeratil le pont comme il en a vaguement parlé? Se réfugieratil à Beaucaire prés de son vieil ami Bompard?
Pendant que Franquebalme, debout au milieu de la pharmacie, me racontait ces épisodes sinistres, Bézuquet, dans le fond, apparaissant à demi par l'entrebâillement de la porte avec ses enluminures ineffaçables, a lancé dans un rire de démon papoua:

«C'est bien fait! c'est bien fait!» Comme si c'était Tartarin qui l'eût tatoué luimême.

7 novembre. C'est demain dimanche que mon bon maître doit quitter la ville et passer le pont... Estce possible? Tartarin de Tarascon devenu Tartarin de Beaucaire!... Voyez, rien que pour l'oreille..., quelle différence!... Et puis ce pont, ce terrible pont à passer Je sais bien que Tartarin a franchi d'autres obstacles!... c'est égal, ce sont là de ces choses qui se disent dans la colère, mais qui ne se font pas. Je doute encore.

Dimanche, 10 décembre. Sept heures du soir. Je rentre navré; à peine la force de jeter ces quelques lignes.

C'est fait, il est parti, il a passé le pont.

Nous nous étions donné rendezvous chez lui, à trois ou quatre, Tournatoire, Franquebalme, Baumevieille, puis Malbos, un ancien de la milice, qui nous a rejoints en route.

J'avais le coeur serré devant la détresse de ces murs nus, de ce jardin dépouillé. Tartarin n'a pas même regardé autour de lui.

C'est là ce que nous avons de bon, nous autres Tarasconnais, notre mobilité.

Par elle, nous sommes moins tristes que les autres peuples.

Il a donné les clés à Franquebalme:

«Vous les remettrez au marquis des Espazettes. Je ne lui en veux pas de n'être pas venu, c'est tout naturel. Comme disait Bravida:

Amour du seigneur, Amitié du verre Ils ont fait de nous, Ils ne veulent plus nous voir.»

Et se tournant vers moi:

«Tu en sais quelque chose, petit!»

Cette allusion à Clorinde m'a touché. Penser à moi au milieu de ces circonstances!

Une fois sortis, sur le cours, il faisait un vent terrible. Nous pensions tous en nousmêmes:

«Gare le pont, tout à l'heure!»

Lui ne semblait pas le moins du monde préoccupé. À cause du mistral, on ne voyait personne en ville; rencontré seulement la musique qui revenait de l'esplanade, les soldats, empêtrés de leurs instruments, retenant d'une main les pans de leurs capotes que le vent envolait.

Tartarin parlait lentement, en marche au milieu de nous comme pour une promenade. Il nous entretenait de lui, rien que de lui, ainsi qu'à son habitude.

«Moi, voyezvous, j'ai le mal des gens de chez nous. Je me suis trop nourri de regardelle...»

À Tarascon nous appelons regardelle tout ce qui tente les yeux, dont nous avons envie et que la main n'atteint pas. C'est la nourriture des rêveurs, des gens d'imagination. Et Tartarin disait vrai, personne plus que lui n'a consommé de regardelle. Comme je portais le sac, le carton à chapeau, le pardessus de mon héros, je marchais un peu derrière, je n'entendais pas tout. Des mots m'échappaient dans le vent qui redoublait à mesure qu'on approchait du Rhône. J'ai compris qu'il disait n'en vouloir à personne et parlait de son existence avec une douce philosophie.

«... Ce gueusard de Daudet a écrit de moi que j'étais un Don Quichotte dans la peau de Sancho... Il a dit vrai. Ce type de Don Quichotte soufflé, douillet, empoté dans sa graisse et toujours inférieur à son rêve, est assez fréquent à Tarascon et dans sa banlieue.»

Un peu plus loin, à un tournant de traverse, nous avons vu fuir le dos d'Excourbaniès, qui, en passant devant le magasin de l'armurier Costecalde, nommé de ce matin conseiller municipal de la ville, criait à toute gorge:

«Ah! ah!... Fen dé brut... Vive Costecalde!»

«Même à celuilà, je ne lui en veux, pas, a dit Tartarin. Pourtant cet Excourbaniès représente le plus horrible côté du Midi tarasconnais. Je ne parle pas de ses cris, quoiqu'il brame vraiment plus que de raison, mais de cet épouvantable désir de plaire, d'être aimable, qui l'amène aux plus abjectes lâchetés. Il est devant Costecalde: «Au Rhône Tartarin!» Il serait avec moi que, pour me flatter, il en crierait autant de Costecalde. À part ça, mes enfants, jolie race, la race tarasconnaise, et sans elle la France depuis longtemps serait morte de pédantisme et d'ennui.»

Nous arrivions au Rhône; devant nous un couchant triste, quelques nuages très hauts. Le vent semblait se calmer, tout de même le pont n'était pas rassurant. On s'arrêta à l'entrée et il ne nous demanda pas d'aller plus loin.

«Allons, adieu, mes enfants...»

On s'embrassa; il commença par Baumevieille, le plus âgé, et finit par moi. Je pleurais, tout ruisselant, sans pouvoir m'essuyer, car j'avais toujours la mallette et le pardessus, et je peux dire que le grand homme a bu mes larmes. Ému luimême, il prit ses effets, carton d'une main, pardessus sur le bras, la mallette de l'autre main, et comme Tournatoire lui disait:

«Surtout, Tartarin, soignezvous bien... Climat malsain,
Beaucaire... Petite soupe à l'ail... n'oubliez pas.»
Il répondit en clignant de l'oeil:

«N'ayez peur... Vous savez le proverbe de la vieille: Au plus la vieille allait, au plus elle apprenait, et pour ce, mourir ne voulait. Je ferai comme elle.»

Nous le vîmes s'éloigner sous les arceaux, un peu lourd, mais à bon pas. Le pont tanguait horriblement. Deux ou trois fois il s'arrêta à cause de son chapeau qui partait. Nous lui criions de loin, sans avancer:

«Adieu, Tartarin!»

Lui ne se retournait pas, ne disait rien, trop ému; seulement, avec le carton à chapeau il nous faisait signe aussi, par derrière:

«Adieu... Adieu...»

Trois mois après. Dimanche soir je rouvre ce Mémorial depuis longtemps interrompu, ce vieux registre vert, que je laisserai à mes enfants, si j'en ai jamais, usé aux coins, commencé à cinq mille lieues de France, qui m'a suivi sur vies mers, en prison, partout. Un peu d'espace m' y reste, j'en profite pour consigner le bruit qui courait en ville, ce matin: Tartarin a cessé de vivre!

On n'avait plus de ses nouvelles depuis trois mois. Je savais qu'il demeurait à Beaucaire, près de Bompard, qu'il l'aidait à garder le champ de foire et à conserver le château. Métiers de regardelle, en somme, ces métierslà. Bien souvent, me languissant de mon bon maître, je m'étais proposé de l'aller voir, mais ce diable de pont me retenait toujours.

Une fois, regardant du côté du château de Beaucaire, làhaut, tout en haut, je me figurai voir quelqu'un qui braquait une lorgnette vers Tarascon. Ça avait l'air de Bompard. Il disparut, entra dans la tour et revint avec un autre, très gros, qui semblait Tartarin. Celuici prit la lunette, lui aussi, et la lâcha pour faire aller ses bras en signe de connaissance; mais c'était si loin, si petit, si vague, que je n'eus pas l'émotion que j'aurais cru ressentir. Ce matin, tout angoissé sans savoir pourquoi, je suis sorti en ville, pour ma barbe, comme tous les dimanches, et j'ai été frappé de voir le ciel voilé, roux, un de ces ciels sans lumière qui mettent en valeur les arbres, les bancs, les trottoirs, les maisons. J'en ai fait la remarque en entrant chez MarcAurèle, le barbier.

«Quel drôle de soleil! Il ne chauffe pas, n'éclaire pas... Estce qu'il y a une éclipse?

Comment, monsieur Pascalon, vous ne le savez pas?... Elle est annoncée depuis le premier du mois.»

Et en même temps qu'il me tenait par le nez avec le rasoir tout près:

«Et la nouvelle, vous la connaissez, dites?... Il paraîtrait que notre grand homme n'est plus de ce monde.

Quel grand homme?»

Quand il nomma Tartarin, d'un peu plus je me coupais avec son rasoir.

«Voilà ce que c'est de se dépatrier!... Il n'a pas pu vivre sans
Tarascon...»
MarcAurèle le barbier ne croyait pas dire si juste.

Sans Tarascon et sans la gloire, c'était sur qu'il ne pourrait pas vivre.

Pauvre bon maître! Pauvre Tartarin!... Tout de même, cette coïncidence... une éclipse le jour de sa mort!

Et quel drôle de peuple que le nôtre! Je parie bien qu'en ville la nouvelle leur a fait de la peine à tous, mais ils ont affecté de prendre la chose très à la légère.

Tout ça, parce que depuis l'affaire de PortTarascon, qui les a montrés si emballés, si exagérés, les Tarasconnais veulent paraître très rassis, très maîtres d'euxmêmes, corrigés pour toujours.

Eh bien, la vérité, c'est que nous ne sommes pas corrigés le moins du monde; seulement, au lieu de mentir en delà nous mentons en deçà.

Nous ne disons plus:

«Hier aux arènes on était plus de cinquante mille, au moins.»
Mais:
«Aux arènes, hier, si l'on était une demidouzaine, c'est tout le bout du monde.»

De l'exagération tout de même.